Marc Charles Sommereisen

Naviguer à l'estime

Ἡ θάλασσα δέν κλαίεί.
Τραγονδάει.

La mer ne pleure pas.
Elle chante.

Yannis Ritsos

1

Marc Charles Sommereisen fait don des droits d'auteur 2017-2018 de Naviguer à l'estime à la **Fondation Architectes de l'Urgence** *pour contribuer à l'aide qu'elle apporte aux sinistrés de l'Ouragan Irma et des autres catastrophes dans le monde.*

www.archi-urgent.com

Edition : BoD - Books on Demand
12/14 rond-point des Champs Elysées, 75008 Paris
Imprimé par Books on Demand GmbH, Norderstedt, Allemagne
ISBN : 9782322100118
Dépôt légal : novembre 2017

Une sirène dans chaque port.

Leila à Hiva Oa

Je prends le quart sur le quai.

Je marche.

Je marche à contre temps des queues de paon de l'empierrement.

Cette minéralité impavide du pavement, à jamais calée, aux gens de mer, quelle étrangeté !

Mon regard lassé d'immobilité, s'en va au gré des gris des vagues, où je divague, jusqu'à la lune.

Montent mes souvenirs.

De l'épaisseur d'une épissure, ils nouent ma voilure d'une fragile couture, en baume des déchirures.

Ils me ramènent à terre, à ce que j'ai laissé en arrière. Dans eux, je suis tout petit.

On m'a mis à la sieste sous le vent léger de l'été hellénique, au bleu des oliviers de l'Attique.

Je ne dors pas. Je regarde le ciel. Aujourd'hui je vais faire une découverte essentielle.

Dans l'immobilité bleue de ce ciel intensément lisse de l'été grec, dans cet outremer pourtant du milieu du monde, il se passe, -qui l'eut cru? Une chose incongrue.

Il y a un mouvement au plafond. Ce sont les nuages blancs et ronds. Je plisse les yeux, cille pour m'en assurer, fait durer. Pas de doute !

Les nuages ont bougé.

Les nuages bougent dans le ciel!

C'est incroyable!

Seraient-ils d'une espèce voyageuse ?

Du bout du doigt dans la poussière, je pousse

une feuille d'olivier, tombée.
Une autre feuille d'olivier fichée dedans, à la verticale et voici une mâture.
Je place un noyau dans l'esquif :

C'est moi !

Je souffle. Je pousse.

Vogue en paix petit navire de feuilles d'olivier ! Derrière, dans la poussière, se dessine un premier sillage.

Cette sieste me mène à un nouvel âge.

Passe un homme. Son sourire attendri est inoubliable. Car, si comme le Saint Suaire turinois, il laisse d'indélébiles sillons d'émoi, c'est qu'il jaillit buriné par un burin de grosse facture dans ce visage tant aimé.

Rudesse de la cosse, douceur de l'amande. Mon père.

A sa mort, de lui me resta, ses rêves et son vieux navire, le Plaka.
C'est du massif, ce petit navire: Un bon vieux de la vieille, bien campé sur ses membrures, fort de là aux mâtures.
Ce fut ainsi que moi, Irénée Koularistos, je devins un capitaine de quinze ans.
Ce fut sur cet esquif qu'entre esclandres et espérance, dès la première traversée s'esquissa ma destinée.
Lors des brumes couvrant ports et villes,

noyant d'automne la mer Egée, alors que résonnaient affolées, stridentes sirènes au vent léger, je m'attachai sur le pont, oreilles bien bouchées.

Mais heureusement que je gardais l'œil ouvert et la main libre !

C'est parce qu'à ce moment dû s'insinuer en moi un vent de ces temps si durs, des pré-Achéens obscurs.

Cette étrangeté barbare, força ma main sur la barre, rude manœuvre qui m'évita un funeste abordage, mais pas une bordée d'insultes sauvages.

C'est que de toutes parts, sous le faisceau du phare, de fatales étraves fendaient l'onde : un cargo de Glasgow, un tanker de Tanger, un drakkar de Dakar, un cotre cossu, une tartane de Trinité et même, une chaloupe interlope.

J'appris ainsi, *sur le tas*, qu'il y a une limite à la tradition du péril du chant strident des sirènes et qu'il faut savoir aussi compter avec le caractère des dieux, eux toujours si facétieux.

Mon père me disait : - *Les temps sont durs.*
Que valent de la Grèce, nos beaux héros sans
euros ? Mais toi, Irénée mon garçon, si pas
comme l'Ancien, honte à son nom, tu ne te
défiles pas aux Thermopyles, droit dans tes
spartiates, tu franchiras les colonnes du héros
aux grands travaux et le vaste monde sera à
toi.

Voilà pourquoi un jour, lassé de caboter dans
les ondes rondes de Méditerranée, je
m'écriai... Assez !

Non pas tels les vieux Ulysse et Enée, à ces
eaux encloses ne resterai-je consigné !

Je suis un Grec, moderne.

Comme pas plus Charybde que Scylla à
Messine ne furent d'humeur assassine, j'en
vins à affronter de Tanger tous les dangers et
du gros calamar, Gibraltar.

Et par de là les colonnes d'Héraclès, s'ouvrit,
immense et terrifiant, des Atlantes, l'Océan !

Aux antipodes, je découvris, qu'on ne marchait pas sur les mains, qu'on y mange des kiwis comme au kibboutz, qu'on y croise des Papous patibulaires et des Micronésiens malins.

Mais... l'exotisme s'émousse pour qui roule sa bosse.

Avec la routine de la route, vient le doute :

A quoi bon faire encore le tour de la Grande Boule sans plus s'en voir tourne boulé, puisqu'au fond, on ne fait vraiment que le tour de sa petite boule ?

Les pensées sphériques sont sans issue.

Ce gauchissement spatial, ce voyage autour d'une boule est un cas de géométrie non euclidienne où la pensée en point de fuite est en trompe l'œil.

S'en gausser n'est point carré.

Ah ! Comme le voyage au long cours est un cruel paradoxe!

Qu'importe, en grand marin, je restais serein.

Sauf...

A Hiva Oa, aux Marquises.

Là, Aphrodite, fille de la mer se tint en embuscade.

Dès qu'elle m'aperçut au loin, les bras tendus agités et la taille ondulante, elle me fit le langage de l'appel.

Jamais arbre du voyageur ne connut un tel rayonnement !

Devant la Maison du Jouir, *gauguenarde*, elle m'attendait.

Comment y prendre garde ?
Comment résister à cette idole de bronze, longue et droite, à la gorge mince, aux seins debout ?

Les accroches cœur de sa toison flattaient ses tétons et l'hibiscus, son plexus.

Tous les boutes bordés à la hune de ma chair, je chavirais, quand elle m'assena, mutine, le coup de la grâce.

- E me mau ati au e !
- Grand est mon désir !

Ainsi miaula-t-elle son tapae en langage des belles Marquises et par ces mots d'amour, d'un amer aux lèvres, elle marqua ma route de fièvre.

12

Elle avait dit cela comme une énigmatique langue au chat, un miaulement de vahiné vanillée, teinté pourtant d'un accent parisien, mâtiné de beur de banlieue, parce qu'elle m'apprit qu'elle venait de Grigny la Grande Borne.

C'est que Aphrodite, la déesse aux yeux pers...Qui sinon elle ? Jamais je n'en douterais... Par son incorrigible espièglerie, se donna à voir sous les traits de cette mademoiselle Leïla Bafa de Grigny la Grande Borne, animatrice pour petits de Youpies, venus de Neuilly, en vacances aux exquises Marquises.

Et après ses miaou-miaou, je me disais qu'elle me dresserait ma grande borne, s'y empalerait et dans la cale danserait dessus, roulant douce et moite, sa béance.

Comme elle danserait dessus !
Danserait là par-dessus les flots, *préférant l'amour en mer, juste une question de tempo.*

Amusée, elle regarderait, comment la couche se plisse, à mesure que de son corps, vagues déferlent. Et que d'amour nos chairs, se dévorent.

Mais dans la langueur d'avant l'extase, je la revois s'esquiver prestement dans la nuit en chuchotant :
- *Il ne faut pourtant pas médire des sirènes, Capitaine !*

Le lendemain, elle partit pour cause de fin de contrat à durée déterminée.

C'est que, pas plus qu'une divine apparition, les saisonniers ne durent plus d'une mission.

Moi je suppliais, hurlais, que ce n'est pas juste, ce n'est pas comme cela que cela se doit : La femme reste au port et le marin prend la mer.

En pleurs, je bafouillais dans le bruit des réacteurs, mais l'avion avec elle envolé, me laissa esseulé, tout en bas, tout petit, tout seul les yeux au ciel, tout seul, debout sur le Plaka à devoir faire le grand.

Dans ma main chiffonné, ce mot d'adieu, d'elle griffonné et sous ma porte glissé :

- *E me mau ati au e.*

Je sais bien que *gémir n'est pas de mise aux Marquises,* mais tout de même....Que le malheur envoyé par les dieux a le pied rapide !
O cruelle épopée !
Sagesse au fer brûlant forgé !

J'avais beau me dire : De grand Grec, ne suis-je pas la graine?
Irénée n'est-il pas de ceux qui sèment des sèmes à tous vents ?

Dans un sursaut, je libérais l'ancre et par le caprice des vents ou des dieux, j'atteignis Nadi aux Fidji.

Tandis que je regardais la crête rocheuse qui domine la baie et qui semble figurer un tiki géant couché, il me sembla entendre dans la conque de mon oreille, la déesse magnanime qui me soufflait :

- *Mon chéri, réveille le Géant Endormi du peuple des Hauts. Tu lui cries : - Boula !* (Salut!)

- Boula ! Dis-je d'une voix forte.

- *Boula ! A mate na ka rawarawa ; A bula na ka ni cava ? A mate na cegu !* Me répondit le tiki d'une voix sourde en haut de la montagne.

Comme je restais coi, d'une voix pâteuse mal réveillée, le Géant me traduisit : -*Salut ! La mort est facile. Et à quoi sert la vie ? -A en mourir ce qu'il en reste !*

15

-Mais je ne veux pas mourir, Géant ! Je veux juste retrouver ma déesse.

- *Alors va !*

- Mais où ?

- *Va en Martinique. Parle là-bas du Géant Endormi des Fidji à sa femme couchée au morne Larcher. Ainsi, enfin réunis, ils te diront de leur lit, îles d'elle et de lui enfin unies, où est cette Leïla Bafa. De toute façon, passe par Panama, Grigny c'est à côté de Paname.*

Et me voilà faisant route à travers l'Océan Pacifique vers Panama et de Panama vers Paname via la Martinique où en cette île, je fis le messager et reçu le réconfort espéré.

Je quittais l'escale. Cap sur Gibraltar. Gros temps sur l'Atlantique. Qu'importe ! Toutes voiles dehors, je criai : Je fonce vers toi, Leïla ! Les voiles cédèrent, certaines s'envolèrent. En rage, je mis le moteur en marche forcé. La jauge au plus bas, je doublais enfin les feux de Gibraltar.
Hélas ! Je suis arrivé trop tard, trop tard pour faire ce *marin de Gibraltar*, qu'elle aurait tant espéré.

Leïla est casée à Casa.

Enfin, on me l'a dit au téléphone depuis Grigny. Et de moi on a ri.

Calé à quai du côté du fret, dans le port de Gibraltar, au fond de Marina Bay, entre des rangées de conteneurs pleins de vide, dans le vide de ma vie, je ne vois d'autre survie que la léthargie, ce baume de l'oubli.

Car oubli est piqûre d'ataraxie. L'ataraxie du désaxé, cela repose, me suis-je dit, mais par cette anesthésie, hélas, on perd le sel de la vie.

Pourtant...La vie est désir qui toujours dans la suavité léthargique du songe, s'immisce !

Le désir, ce charnel repère de Saint Antoine dans son désert... Ah, Leïla, reine de Saba ! Elle approcherait sur le quai humide, juste sa petite silhouette timide.

Parvenue au Plaka, avec une adorable rondeur de bouche, elle me dirait :- *Euh, pardon. Je suis revenue. Je voudrais te dire... Embarque-moi sur tes flots, Irénée...*

Passée ma surprise pour son soudain engouement pour l'Océan, je lui répondrais en ricanant : La vie en mer manque de femme alors c'est gratuit pour les dames. Le Plaka, c'est rock and roll sur les flots. Tango aussi. Bienvenue à bord. Et puis, mes yeux embués, au risque de ses yeux rivés, je me tairais...

Et elle, elle chuchoterait :- *Il ne fallait pas médire des sirènes, Capitaine.*

On embarquerait.

Le navire s'élancerait sur les flots. Le vent forcirait et mon désir ferait un beau pic à mon corps fou.

Dans un transat je me serais allongé, dans le sens de la marche sous la fumée de la cheminée. Le pont serait désert à l'heure du navire au dessert.

Elle serait apparue, prenant un transat à mon équerre pour regarder la mer par le travers sans un regard, seulement pour la mer, derrière ses verres fumés, sous la fumée.

Juste elle et moi dans ce désert et des silhouettes sorties du dessert.

Le navire roulerait sur les flots, elle roulerait sa chemise vers le haut, jusqu'au-dessous de ses seins.

Son ventre monterait à dessein.

Cet effort plisserait son beau visage, le menacerait un instant d'une disgracieuse anamorphose. Mais surtout cambrerait-il joliment sa chute de reins. Lorelei délicieuse ! Léda si lasse qui pour signe offrirait son cou et ses cuisses...

Ô nymphe alanguie, des Dieux, adorée !

A cette vue, si lisse, celle de son corps troublant laissé dans son songe vacant, je ferais écho, soupirant à sourire, en espoir érigé.

Déglutissant d'inconfort, pensant au confort du lit, au hublot rond comme la nuit, je le lui dis,

elle sourit, c'est oui.
Dévêtue avec simplicité, comme depuis des années, la voici à me chevaucher, à monter, à monter, à culminer et à retomber.
Exaucée.

Exaucé ?
C'est que revêtue de réalité, elle a disparu.
Où es-tu Leïla?

Entends-tu comme de la cambuse s'échappe des plaisanteries insaisissables ?

Ce sont mes marins philippins qui préparent la macédoine du mercredi.
Ça nous changera des jours de phalanges de poisson.
Ha, ha, ha ! Comme je suis drôle !

Drôle à pleurer.

Parce que les marins n'existent pas.

Et que Leïla n'est pas là.

Elle n'est pas là.

Seule reste ma torpeur dans ce rafiot ronfleur et radoteur qui exténue tout.

Dessous et alentour la longue houle grise.

La mer, c'est moins empoisonnant que les cimes ciguës mais il n'y a rien à y réfléchir. C'est parce que les vagues diffractent le miroir de l'âme au point de la rendre indéchiffrable, franchement glauque, voilà pourquoi.

Juste de quoi se faire ballotter yeux clos comme un nourrisson au milieu des poissons. Fusion archaïque. La mer, fatale invitation à la régression !

Voilà ce que je me dis, écroulé dans la cale de ce bateau perclus de rouille dans le port de Gibraltar.

Il vaudrait mieux rentrer en Grèce. Aller y voir les chats de Ritsos à Makrossinos. Tard, très tard dans la nuit, ils me diraient le sens de la vie. Hélas ! Ce serait pour n'y rien comprendre, parce que dans la nuit hellène, tous les chats sont gris.

Que faire désormais ?

Prendre du recul en prenant les choses de haut.

Grimper pour cela sur le rocher de Gibraltar. Regarder l'Europe, l'Afrique, le monde, pour se demander ce que l'on fait là.

De quoi ? De soi, de la vie d'ici-bas, vue de là-haut.

Comme me voilà hissé sur les plus hauts rochers du Rocher, mon regard porte loin et je reste habité par ces considérations perchées, tandis qu'un vieux macaque s'approche et me met amicalement une patte sur l'épaule.

De l'autre, il me vide discrètement les poches.

D'abord réconforté par cette étrange amitié, me voilà révolté par la trahison.

Je me lève furieux.

Lui me dédie une grimace de professionnel et s'esquive prudemment.

Je dévale le rocher, fait le plein de gaz oïl, d'eau et de vivres, lève l'ancre de dépit et, pour ne pas devenir fou, je cingle vers Corfou.

Maria Magdala à Massalia

Mon vieux cargo montre de plus en plus de signes de fatigue, aussi me semble-t-il prudent de rejoindre la Grèce en longeant la côte espagnole, puis la France.
Je cabote sans peine de Carthagène à la Catalogne.
Mais me voici à Cerbère, où s'ouvre l'enfer. C'est que dans le golfe du Lion, rugit le très grand vent de l'entre deux mers.

Ça pousse fort.

Le vieux bateau avale périlleusement les miles dans un clapot cahoteux qui se creuse de plus en plus.

Au loin se dessine brièvement le Mont Saint Clair de Sète. Je le vois glisser de la proue à la poupe.

Vraiment, ça pousse fort !

Plus à l'est, la côte s'abaisse. La Camargue. Au-delà s'ouvre le golfe de Fos. J'esquive les grands tankers endormis et je vise le cap Couronne pour passer sous l'abri des collines de la Nerthe.
Brillent maintenant dans le contre couchant, si proches, les feux de Marseille.

Comme tombe le drapé noir de la nuit, le vent soudain s'essouffle.
C'est qu'il reprend son souffle.

Maintenant, seul demeure le gargouillis de la houle. Un étrange silence étreint mon bord.

Mon cœur bondit. J'ai compris.
Aux éléments tus, le ronronnement du moteur ne répond plus.
Je descends dans la cale. Le diagnostic est sans appel. La panne est irréparable en mer et mes voiles sont en lambeaux depuis ma course transatlantique vers Leïla. Je suis pris de vertige et m'éponge le front d'une vilaine sueur.

Le vent revigoré se remet à mugir. Je vois comme il pousse le bateau en fuite sur une tangente le long de la côte. Je relève ma position. Vérification cinq minutes plus tard.
Atterré, je me vois promis aux rochers. Je sens mes jambes se dérober. Je me ressaisis.

J'étudie la carte pour estimer le point d'impact. Il me faut tenter d'atterrir dans un creux abrité.

Dans les embruns de la mer moutonnante, la côte s'esquisse comme une sombre menace. Cela se précise. Un cap bas, tout ébouriffé d'écume, tend vers mon bord ses cisailles de pierre comme une monstrueuse machine de guerre.

Cap Couronne.

Cœur battant, je m'arque boute à la barre. Dans un bruit énorme, le ressac secoue le bateau. Le vent pousse, ça passe !
S'ouvre, très blanche, en retrait, une échancrure de côte. La plage de Sainte Croix.
Je la dépasse et rase un petit cap éboulé.

Au-delà, je le sais, s'ouvre une petite calanque avec un abri. Les Tamaris. D'un franc coup de barre, je m'y glisse. Mais le bateau roule sur son bord, gîte et dérape. Je me tends, attendant dans tout mon corps l'impact.

Oh ! Dans la passe, un corps mort. Il m'offre la survie ! Je bondis à l'avant, me penche. Et ouf !
A la gaffe, je le saisi, le tire à moi.

Me voilà agrippé crispé, ébat des vents et passe-temps des ondes, tout ramolli et trempé jusqu'à l'os.

Pauvre capitaine Ramolimenos !

Au petit jour, se fait un petit temps.

On vient de la Côte en barquette. On m'accoste : - *Coquin de sort ! T'as failli t'esprofondir, mon collègue. Té, tu ne vas pas rester tanqué comme un tanker à Port de Bouc ou tu vas nous faire tourner le lait des biquettes du Rove. Allez, je châle ton rafiot dans la calanque. Tu verras, il n'y a que des amis.*

L'homme remorque le Plaka dans la calanque. Dans son cabanon « La Brise de Mer », il me fait un café fort et pose un pain avec des figatelli de Corse.

Réchauffé, je bois, je mange et je me vide d'un flot de mots comme échoué le rafiot vomit son eau :- A quoi bon faire le tour de la Grande Boule puisqu'on ne fait vraiment que le tour de sa petite boule ? A quoi bon le mal d'amour si Leïla est casée à Casa ?

- Pour ton moteur, Jean-Claude Santacroce va t'arranger ça, me répond mon sauveur. *Pour ton histoire de gallinette, de poulette...Qu'est-ce que j'y peux? Dans l'île de mon père, on dit : A donna sà induve u diavule mette a coda.*
La femme sait où le Diable met la queue.

Allez ! On va s'occuper de ton bateau et toi, tu vas aller récupérer dans mon mas que je tiens de ma mère aux Saintes Maries de la Mer. C'est juste derrière la plage. Tranquille. Et puis, réparé, tu repartiras.

Un chic type, ce Jean-Claude Santacroce. Ses mains tannées parlent la Méditerranée.Le geste lancé suspendu, paume haute ou paume basse, c'est la voix silencieuse de l'île de son père. Le sourcil levé, pour contredire le dire, c'est un air d'entre deux airs, d'ici, de sa mère. Dans ces codes indicibles des pays de notre mer, je revois mon père.

Jean-Claude conclut avec son air de deux airs:
-Tu as eu de la chance de tomber en rade avant le port. Parce que le port de Marseille…C'est un drôle de port. C'est un port où les bateaux coulent.

- Un port naufrageur ?!

- Oui. Depuis toujours dans le port de Marseille, les bateaux coulent. Cela commence au phare sur l'îlot du Planier qui t'indique l'entrée du port : A son pied ?Un cimetière marin !
Tu entres au Vieux Port. Au quai de l'hôtel de Ville, qu'est-ce que tu vois ?
Des mâts qui dépassent à la surface du bassin. C'est le Marseillois, un vieux gréement centenaire…Coulé !
Tu vas au fond, jusqu'au port antique. Qu'est-ce que tu vois ? Des caboteurs grecs, la dragueuse romaine…
Renfloués, muséographiés. Déjà en ces temps-là, tous avaient-ils dans le port, coulés ! Et à la Joliette, dans le port impérial, qu'est-ce que tu vois ? Le ferry amiral pour la Corse, le grand Napoléon Bonaparte lui aussi, dans sa darse, la proue en l'air, la poupe coulée !

-C'est très étrange...

-*N'est-ce pas ? Vois-tu à quoi tu as échappé ? C'est que certains croient pouvoir tirer des bords droits entre les darses et les môles du port. Erreur.*
Tout est toujours si sinueux ici, voilà pourquoi et où cela mène. Des petits riens. Sous les mâles membrures dessous la flottaison est la frêle soudure... Trois fois rien et tu coules dans le port de Marseille !

- C'est que le point faible du fort est sous la vanité, masqué. Mais même un ferry ?!

- *C'est le Mistral qui a fait le travail en brisant les chaînes du ferry amiral. Mais, il peut y avoir d'autres raisons. Des engatses...*
Mais ça...

Jean Claude hausse les épaules, se lève et va réveiller sa belle berline blanche suréquipée vitres teintées qui dormait sous les tôles rouillées de l'arrière cabanon.

Il m'invite à son bord et on roule sous les pins.
On passe le pont de Martigues, Port de Bouc et les usines du bassin de Fos.
On franchit le Rhône sur le bac de Barcarin.
De l'autre côté, en Camargue, c'est un défilé de roseaux et d'oiseaux.

Jean-Claude me console comme il peut en roulant:

- *Té, Collègue, oublie un peu ta gallinette. Est-ce un bijou si irremplaçable cette Leïla?*
Des mounines, il y en a des wagons !
De quoi marier de pleins conteneurs de maquereaux et de sardines.

Mais si celle-ci est vraiment ta Déesse de l'Amour, ne t'inquiète pas : Elle va t'envoyer un autre signe.
Voyons, pourquoi cesserait-elle de se jouer de toi ?

On en rit, ça fait du bien et le voilà parti.

Je regarde la longue berline blanche s'éloigner et je m'installe dans son mas de paille et de chaux, tranquille, avec sa générosité pour baume sur le cœur, un vol rose de flamants dans les yeux.

A la nuit tombée, à la porte soudain, on tambourine.

C'est du grand tam tam, tabla, bla bla, tout le tra la la !

Je me secoue du lit de mes rêveries. J'ouvre.

Un jeune homme à l'œil noir, le plante dans mes yeux et me dit :- *Je ne fais que passer, juste le temps de l'hospitalité, juré, je te le jure, j'embarquerai demain sur le Tariq Ibn Ziyad pour Alger, tu payes le billet, je te ramènerai des cartouches de Marlboro, je te le jure sur la tête de ma mère …*

Il se glisse, entre, allume toutes les lumières, ouvre toutes les fenêtres, crie :

- Entrez ! Piquez !
Entrez par toutes les fenêtres !
Entrez-vous cogner aux lumières !
Et piquez Zitoune le Martyr !
Allez, piquez !
Zitoune vous tend les bras.
Piquez !
Ils le piquent.

Lui, en pleurs, il les frappe.
Frappe, frappe, cogne sur les ailes graciles, sur les vrombissements minuscules.
Ecrasés en piqué, les moustiques !
Sur la chaux vive, à vif, il les écrase et regarde son sang étalé dans les ailes graciles disloquées.

Il regarde ce massacre graphique, rouge sur blanc, sur le mur tagué de son sang. Alors, il slame en criant:
Un mot ni deux vaut,
Chopin dans la nuit de Chine,
Une nuque d'ivoire sibylline.
Un mot ni deux vaut,
Chopin dans la nuit de Chine,
Caduque d'y voir sibylline.
Un mot ni deux vaut...

- Ce n'est pas la peine d'avoir de la peine, lui dis-je avec précaution.

Calmé, Zitoune s'assied.
Les yeux dans le vague en hochant la tête, il reprend moderato cantabile :

En sortant de l'école, nous avons rencontré,
Un grand chemin de fer, qui devait nous emmener,
Dans un wagon doré, tout autour de la terre,
Et nous l'avons braqué.

11.43, au-dessus de la mer, à Air Bel,
Dans une bouffée de grand air,
On se rêvait monte en l'air.

Nous avons allumé, toutes les lumières,
Sur la voie de chemin de fer, et l'avons arraisonné.

C'était un Marseille-Nice, avec cent cinquante passagers, interceptés.
Nous avons déraisonné.

Fuyons, fuyons tout autour de la terre,
Fuyons tout autour de la mer,
Fuyons, fuyons, devant l'hiver,
Qui voudrait nous attraper.

C'est nous les petits frères,
Et moi parmi les rappeurs,
Je me suis échappé.

Moi, Zitoune de Marseille,
Mi Beur par mon père, mi harki fourragère,
Décorations et valises en carton.
Mi Lorrain par ma mère, mi torche minots
Qui en voit de toutes les couleurs,
A Air Bel, commune de Marseille.

Et moi parmi les rappeurs, je me suis échappé.
Echappé belle, sans ma belle, je me suis fait la belle,

Au bord de la mer, là où se mélangent les eaux,
Les eaux de la mer, la mer de mon père,
Les eaux de la terre, la terre de ma mère.
Au bord de la mer, sans ma belle, je me suis fait la belle.

Mais rien ne vaut, sans sa nuque sibylline,
Rien ne vaut. Dans la nuit noire de Chine,
Sans Chopin et la sibylline, rien ne vaut,
Pour un mot ni deux vaut, l'amour au piano.
Oooh…

Après quoi, il se tait, la tête dans les mains.

-A quoi bon se faire la belle quand on l'a perdue ?
Lui dis-je dans un commun désespoir.

Dans cette nuit noire de piano, Zitoune lève ses yeux défaits dans mes yeux.

Sans mot dire, il se lève, sort, va sur la plage des Saintes Maries de la Mer, là où le sable garde immaculées, les traces bénies des pas des Saintes.

A moi marchant dans ses pas, Zitoune me dit tes pas, Marie Madeleine.

Tes pas.

Rayés par tes cheveux descendant jusqu'à tes pas, pas à pas sur le sable léché par la mer, par ses vagues venues de Palestine.

Elles étaient restées aux Saintes, les Saintes, me dit Zitoune. Restées à écouter, adulées, le romancero gitano, et les Saintins qui les suppliaient : *Gràndi Santo, venès nou sauva !*

Mais toi, Maria de Magdala, tu t'en étais allée en bateau stop, un *lift* pour Massalia, voilà ce qu'il t'avait fallu.

C'est Zitoune de Marseille qui m'a révélé tes pas, la nuit de son massacre graphique, la nuit de sa fuite, la nuit de son mal d'amour.

Marie Madeleine, ton *lift en bateau stop,* tu l'avais trouvé dans un pentécontère revenu de chez les Ibères, plein d'amphores qui sentaient fort.

Trois perdues, vendues en escale pour une bordée chez les *Langue-douciennes.*

Une sacrée bordée, prétendaient-ils (comme prétendent les hommes).

Et trois pour les poissons des Saintes Maries de la Mer. Voilà quel fut le prix de la chair et celui de la mer.

Pour ton *lift,* les marins du pentécontère avaient dit oui. Protos le capitaine, Himeros, Eros, et Pothos l'équipage, ils avaient tous dit oui. Quatre pour un pentécontère, ils pouvaient bien prendre une passagère.
Les quarante-six autres matelots avaient été transformés en pourceaux, une funeste escale, avait expliqué Eros en te reluquant et en t'interrogeant :

- *Comment t'appelles-tu, Beau Sexe ?*

- *Marie Madeleine*

Tu avais souri. Ah ! Les hommes...
C'était avant. Avant Lui. Avant ses pieds lavés par tes cheveux mouillés de l'eau salée de tes larmes.

Tu t'étais assise sur le pont avant du pentécontère, tu avais ouvert ta malle aux livres pour lire toutes les sublimes folies, l'Apocalypse, la Divine Comédie, le Paradis Perdu, jusqu'à l'histoire de cette Atala envolée dans son Chateaubriand. Toujours tu as aimé tout ce qui brille comme bien des filles.

Eros t'avait regardé faire. Evitant le grec qu'en dangereuse lectrice tu avais appris, il avait murmuré en parler des Félibriges:
- *Voues tendrinello pèr m'encanta, labro roujo pèr poutouna.*

Les autres avait ri de cet aparté pourtant plus courtois que grivois, qui disait la voix tendre pour enchanter et les lèvres rouges pour le baiser.

Eros avait fini par s'impatienter. Vers ses compères, mais en grec, sciemment, pour qu'elle comprenne, il avait ajouté :

-Tu vois, Pothos, il faudrait que les pages de son bouquin ouvert ce soit comme la mâchoire d'une dionée attrape-mouches. Alors dans la page suivante, je laisserai s'exhaler quelques gouttes de mon nectar et... cri et crac !

Coincée entre les pages.

Oh, Pothos arrête de soupirer de l'occasion perdue. Regarde ! Himeros dit au moins qu'il faut savoir prendre le temps de désirer et garder l'espoir, même si peut être...pas si folle la guêpe...

T'es d'où, Beauté ?

- De Magdala en Galilée.

-Et que vient faire une Galiléenne en Gaule dans cette galère ?

- Un rendez-vous.

Tu avais dit cela avec une lumière dans les yeux, un sourire et un mystère qui l'avait fait taire.

C'était, il y a vingt siècles.

Et vous arriviez à Marseille.

Massalia, Massilia, Marsiho, Marseille.

Marseille qui toujours s'éveille, secouant son infinie poussière, ses vingt-six siècles d'histoire, ses quatre-vingt-six siècles de préhistoire, et tout cet avant dont ne sait plus rien que la grotte Cosquer.

Marseille l'éternelle, toujours bâtie et rebâtie sur elle-même, dans sa crasse, ses souks, son urbanisme de vide grenier et les cris de tous ses fanfarons.

Marsiho, ounte la mar vèn batre. Marseille où vient battre la mer. *Lou tant vièi Lacidoun !*

Autour du pentécontère, naviguait une myriade d'esquifs ombrés par le vol blanc des goélands. Derrière on sentait le souffle puissant des vaisseaux lourds du grand rapt.

Sur l'un d'eux, capturée en Haute Volta, liée à une montagne de bananes, d'or et d'ivoire, une reine nue, noire, prisonnière dans sa gangue de pierre s'en allait orner le grand escalier de la gare Saint Charles.

Sur un autre navire parti de Saïgon, sa sœur, nue, jaune, venait orner l'autre côté de l'escalier. Les marins de son bord chantaient : - *Très gentille, c'est la fille d'un mandarin très fameux, c'est pour ça qu'sur sa poitrine elle a deux p'tites mandarines…*

Du haut du palais du Pharo, Napoléon III le Petit lissait sa moustache et regardait avec le plaisir de Crésus, les richesses des colonies entrer et encombrer le Vieux Port.

C'était avant que les Boches d'un uppercut ne lui fasse rendre son ivoire à Sedan.

C'était avant que deux autres guerres plus tard, ils ne fassent sauter le Vieux Port.

C'était avant que dans les nuages de ouate rose planant sur l'île de Riou qui veille au large de la ville, ne chute Saint Ex, le chevalier du ciel à la gourmette, le regard retourné sur la queue disparue de son Lightning, les doigts serrés sur les deux trous rouges à son côté droit maculant les clés de Saint Pierre.

C'était avant que ne s'achève la bombance coloniale et que la ville, désœuvrée, ne s'assoupisse.

C'était avant que les aéroports ne vident les ports par évaporation.

Mais au temps ancien de Maria de Magdala, dans cette arrivée au port, profitant de la confusion chamarrée qui déjà agitait le bassin, le capitaine Protis avait troqué sa toge grecque pour des braies olympiques, zébrées du bleu et blanc de Massalia, achetées à l'obélisque du boulevard d'Athènes par sa Gauloise.

Les marins avaient ri, de voir leur intrépide capitaine tant redouter les coups de chaud de sa mégère mais en touillant la soupe de poisson, Eros avait dit avec une moue désapprobatrice : *Quand elle bout, il baisse.*

Le capitaine Protis avait ses raisons. En effet, du haut de la tour du Roy René qui défend le port, Gyptis sa bouillante Gauloise déjà glapissait :

-Protis ! La Bonne Mère te sonne les cloches et il y a degun. Mais où as-tu encore été caboté Protis ?
Avec ce Pythéas sur les bras je ne peux rien faire.Vivement qu'il aille faire du kayak à Thulé. Ce sera au tour de ma bru d'attendre sur la tour le retour ! Elle attendra la cagole ! A chacune sa cagade ! Mais où étais-tu Protis ?
Voilà ce que c'est que de tomber dans les bras du premier marin venu !
Quand reviendras-tu pour de bon ?
Πότε; Ποτέ ! Quand ? Jamais !
Pourtant je me suis mise au grec, tu vois, ta Gyptis ne balbutie plus en Barbare.

Mais qu'as-tu donc fait de ta toge, Protis ?

Toi, Maria de Magdala, tu en avais eu assez de te faire voir chez les Grecs, préférant que la messe te soit dite en passant en araméen par les Chaldéens.

Et puis lassée des prêchi prêcha et d'être désirée, dans le petit fleuve Huveaune tu avais pleuré ton bien aimé égaré, et par son lit tu étais montée, tout là-haut, jusqu'à la grotte de la Sainte Baume, là où s'étaient jadis ressourcés, dépouillés, l'architecte du temple de Jérusalem et son charpentier.

Ils y avaient trouvé pour leurs cœurs, le baume espéré.

Tu l'avais su.

C'est pourquoi dans la chaleur de l'été, tu y étais montée.

Parvenue là-haut, à la grotte, les anges ailés t'avaient fait monter encore plus haut.

Sept fois par jour, ils t'avaient fait gravir l'échelle de Jacob, vers Lui, vers ses yeux brûlants de sept étoiles.

Sept fois par jour, au ciel, l'extase.

Alors, moi aussi, je veux y aller.

J'appelle Jean-Claude. Il passe me chercher aux Saintes, s'excuse pour Zitoune, « *un fada mais qui travaille bien le tombé du camion* ».

On roule. L'autoroute vers Aix et Toulon, la montée à Plan d'Aups.

Il me dépose à l'hôtellerie des Dominicains au pied de la Sainte Baume et me prie de passer ses hommages à la Sainte.

Je dîne frugalement et me voilà à tournicoter dans le lit d'une chambre austère chez les Pères.

Au matin, par le bois sacré, je prends le chemin de la grotte de la Sainte Baume.

Marie Madeleine, je viens vers toi. Je monte entre les ifs de la forêt relique, je gravis les roches vives, j'entre dans ta grotte de la Sainte Baume.

Je viens te mettre un mot d'amour, des larmes, des je ne sais plus quoi, des mots pour toi, dans la grotte, en haut, derrière l'autel, là où l'on met les mots, là où, de la voûte de pierre, pleut des larmes d'eau amère, au goutte à goutte, sur les mots.

Et puis, je redescends derrière tes pas dans la garrigue, derrière toi dans les rochers, dans la farigoule et le romarin, le rêve enivré de tes cheveux célébrés. Je vais dans tes pas, deux jours dans tes pas, jusque dans la basilique aux reliques, à Saint Maximin et plus bas, dans la crypte aux reliques, entre les marbres empoussiérés des sarcophages sculptés.

Nez à nez à ta vitre bombée, devant ton crâne masqué, noir de vingt siècles de poussière, je te prie de te donner à voir, à voir derrière ton verre à reflets.
Je prie pour te voir, ou pour ne rien y voir, après tout, qu'en faire ? De cet espoir, de cette ironie, d'être devant le crâne de celle qui toujours le crâne regarde, pour expier la chair.

La douceur de la chair ? La douleur de la chair ?

Avant qu'elle ne devienne poussière ?

Pour n'aimer plus qu'une étoile. Intouchable.

Noli me tangere, t'aurait-il dit.
En parler romain, en parler de ses bourreaux.

On aurait dit cela de lui. *A posteriori.*
En parler romain, en parler de ses bourreaux !

Non. Il n'avait rien dit.
Trop sublime pour dire.
Seulement ses yeux aux sept étoiles avaient suffi à te dire.
L'infini.
L'amour infini ?

Je n'en sais rien. Ne sais plus rien.
Mais je vois nez à nez à ta vitre bombée, devant ton crâne masqué, noir de vingt siècles de poussière, le visage de mon père, sur ton verre à reflets.

Je me vois comme être lui et puis derrière je vois, derrière ton verre à reflets, je vois ton regard noir dans ton crâne noir, ton regard dardé dans tes orbites creuses.

Je vois ton crâne. Ton regard.

Je pleure et me souviens, soudain, que ton nom est celui que portait ma mère.

Ludivine à Lugdunum

En noir, appuyé contre sa berline blanche, Jean- Claude Santacroce m'attend à la sortie de la basilique aux reliques : - *Comment l'as-tu trouvée, collègue ? Quand tu penses à la bombasse que c'était ! A vita hè un affaccata di purtellu. La vie est une apparition à la fenêtre, disait mon père.*

Comme encore sous l'émotion, je ne dis rien, il enchaîne : - *A part ça, je suis venu te dire que ton bateau est réparé. Et puis aussi que Virgile, un vieux puisatier connu de mon cousin et qui connaît les enfers mieux que personne, lui a parlé d'une certaine citerne antique qui serait enfouie dans le ventre de Lyon, là-haut en remontant le Rhône…*

-Ah ! Sans doute s'agit-il de la grotte Bérelle ! J'en ai entendu parler. Elle est sous le lycée, à Saint-Just sur la colline de Fourvière.

- *Tu étais au lycée, là-haut?*

- Oui. Je m'appelle Irénée, parce que je suis un fils de Grec de Lyon, comme tu es un fils de Corse de Marseille. Ainsi, ce Virgile dont tu me parles, doit être ce séminariste défroqué qui errait déjà en mon jeune temps en radotant de vieilles histoires. Quand on le croisait, on l'écoutait avec un ricanement gêné ou on l'évitait. C'est qu'il ne sentait pas bon.

-Eh bien, ce Virgile prétend qu'en ce lieu caché, préservé de l'odieuse modernité, Héphaïstos aurait déplacé sa fosse. Aphrodite y serait-elle recluse depuis ses noces? Il fallait que je t'en parle.

- Ne serait-ce donc pas une plaisanterie ce qu'il disait de la grotte Bérelle ?

- Si mon cousin qui est un ecclésiaste corse de Lyon y croit c'est que c'est vrai. Personne ne se risquerait à faire de l'humour avec lui.

- Mais comment entrer dans la divine forge souterraine en brisant les sceaux antiques sans brûler au souffle de la divine jalousie? Et comment éviter le piège du filet forgé et ne pas être des dieux, la risée?

- La belle affaire ! Ne descend pas. Laisse-la venir… Les femmes, il faut les laisser venir.

- Tu crois ?

- Foi de pêcheur ! Tu tends ta drague à la surface, tranquille.

-Tranquille, tranquille, c'est vite dit !

- Mais oui. Enfin, Irénée, réfléchis. Ne crois-tu pas que la Déesse de l'Amour doit savoir par où s'esquiver de ce trou ? N'a-t-elle pas dit avec une adorable rondeur de bouche aux dieux médusés que « les mailles du filet de son mari laissent tant à désirer ? »

Je suis sûr qu'elle sait par où rentrer de ses escapades. Une secrète estacade ? Un sentier muletier ? Quelque part est la faille embroussaillée qui mène à ses sombres délices. Irénée, je crois que c'est là-bas qu'il te faut la chercher.

- Comment pourrais-je jamais te remercier !

-Oh ! Je ne veux rien. On est de lointains cousins. Par ma grand-mère native de Cargèse, un village grec de l'ouest de la Corse, je suis un peu Grec.

Mais si tu pouvais porter les petits paquets qui sont chargés sur ton bateau pour mon cousin de Lyon, le père Jean Dominique, ce serait bien. Par le fleuve, oui, ce serait bien. Parce que mes collègues cairotes me disent que par la Seth, la route de la vallée du Rhône, ce n'est pas assez désert, alors…

- Des petits paquets ?

-Des petits paquets.

Juste des petits paquets de cierges du Kosovo à mener au père Jean Dominique Santacroce à la paroisse Saint Georges de Lyon en bord de Saône.
Tu te mets à quai. Le père charge les cierges et toi tu grimpes chercher ta déesse. Ça te va ?

- Des cierges ?! Du Kosovo ?!
- Oui, oui. Oh ! C'est de la petite contrebande

pour tout t'avouer. Mais que je te rassure: la translation furtive d'objets bénis c'est classé parmi les péchés bénins.

- Ah ?! Et combien est-ce que je te dois pour le moteur du bateau ?

- Queutchi pour les amis.

Je suis ravi, mais je trouve qu'il a un je ne sais quoi d'air de deux airs.

-Aïoli sur toi ! Quand, en redescendant, tu repasseras par ici, pense à moi !

Si c'est le top, tu me klaxonnes un chant perché de sirène, si c'est le flop, un long mugissement de lamantin.

Tu n'es pas du genre à médire des sirènes, n'est-ce pas ?

Et me voilà montant le fleuve Rhône, marron d'Ardèche, bleu de neiges, jaune de Bresse.

Dans la ripisylve des vorgines en lambeaux, c'est la pagaille des oiseaux. Une bondrée apivore s'acharne sur des abeilles forçats. Un balbuzard ligérien égaré chez les Rhodaniens vise une carpe carapaté des Carpates, mais un silure le happe.

Un barbu, machette à la main, crie: -Sus aux Exogènes ! La Renouée du Japon, c'est le péril jaune ! Le Grande Berce du Caucase, c'est la peste rouge! Zaaa ! Fauchons-la sur son gros pédoncule !
D'un coup de barre, je m'éloigne de la rive et plante mes yeux aux cieux pour n'y plus voir ce glaiseux.

Le jour fait place à la nuit.

Mais, dans le ciel, pas de répit, c'est la ménagerie des constellations. Le bouvier avec ses chiens de chasse court derrière le lion.

Au loin, comme un fantôme, le Mont Blanc se hausse dans leurs jeux célestes. C'est qu'il grandit toujours. Un jour de guerre ou de paix, il ensevelira tout, raclette et fondue, Savoyards et Savoisiens.

Maintenant tout s'illumine aux abords d'une grande ville. Voici la confluence du Rhône et de la Saône où s'annonce Lyon.

En ce lieu, bien éclairée, se dresse une improbable élucubration. C'est là en effet, que les architectes germaniques de *Coop Himmel B(l)au*, hantés par le traumatisme trans-générationnel des bombardements alliés, les yeux dans le bleu cruel du ciel, ont conçu un musée en forme d'avion écrasé.

Certes, le crash exprime bien la confluence.

Pourtant, je trouve cette brutalité, ici, *inconvenante.* Car cette ville, à équidistance du pôle et de l'équateur, discrète et roide, ne peut qu'inviter à se conformer à la modération ambiante, une tiédeur, où à la fin, on ne ressent plus rien.
Et pour moi Irénée, fils de Grec, bien que né ici à Lyon, *Capitale de l'eau tiède,* il me manquera toujours le goût salé de la Méditerranée.

J'en étais parti mais voilà que le destin, roi cruel, m'y ramène.

Par la Saône, j'entre au cœur de la cité. A bâbord, l'église Saint-Georges, le fief des traditionalistes. Personne.

Je la dépasse, dispose mes pare-battages, mets en panne et tandis que le bateau glisse encore à contre-courant sur son erre, je saute prestement sur le quai Saint Antoine avec des cordages et amarre le Plaka à deux anneaux.
Sans plus un regard, épuisé par mon voyage mouvementé, je m'en vais dormir en fond de cale.

Au matin, comme je finis mon café sur le pont du Plaka, s'approche par la rampe du quai un ecclésiaste en soutane qui tire un chariot. Il agite son bras vers moi. Ce doit être le père Santacroce.

En effet, parvenu devant le bateau, le prêtre me dit :

- *Tibi propitium sit Lugdunum, fili mi ! Lyon te soit propice, mon fils ! Là-haut sur la colline de Fourvière, en dessous des théâtres antiques ruinés, tu finiras par trouver la porte dérobée de la citerne oubliée où se cachent les dieux anciens. Mais prudence, plus bas est le Mal. N'oublie pas : La femme sait où le Diable met la queue.*

Il me tend un crucifix pour ma survie, moi les caisses de cierges qu'il charge sur son roule pratique et déjà, le religieux s'en va.

En triturant le crucifix, je regarde au haut de la colline de Fourvière cette étrange basilique qu'on y a dressée pour le dieu crucifié. Cela faisait longtemps que je ne l'avais pas vue. Je reste les yeux rivés vers cette élucubration de pierre, si pataude qu'on dirait un pachyderme de péplum les pattes en l'air.

Je me décide à traverser la Saône et d'y monter, espérant y trouver quelque inspiration pour ma quête.

Sur l'autre rive, me voilà traboulant à travers le Vieux Lyon, serré au pied de la colline. J'y retrouve avec un frisson ses façades anciennes, fardées comme des morts à la veillée. Je les laisse aux touristes nécrophiles.

J'attaque la montée du Gourguillon où d'un gargarisme suivi d'un *cramiot*, je me libère et reprends de l'air. Par les Minimes, j'entre dans le Jardin du Rosaire qui serpente jusqu'à la basilique de Fourvière.

A travers les frondaisons, se dessine au loin le quartier d'affaires de la Part Dieu de plus en plus hérissé de ses grattes ciel qui, comme un troupeau de veaux d'or dominent la ville basse et narguent la pieuse colline en meuglant en choeur : « God is Gold ». Au fond, impassible, le Mont Blanc attend pour en découdre, le prochain plissement alpin.

Parvenu tout en haut, au seuil de la basilique, je regarde l'ange de la dubitation qui, à gauche de l'entrée, de deux doigts cache sa bouche. Il veut dire quoi ? On ne sait pas puisqu'il met les doigts devant sa bouche. Il dit silence ou bien « Oups ! »

Je lève les yeux vers le chemin de ronde néo-byzantin de la nef, et là, je crois comprendre. J'y vois l'allégorie du péché de chair : Un type s'agite là-haut.
On dirait un genre de Ben Hur hollywoodien qui délivre une houri en bigoudis. A califourchon sur les créneaux à la turque, fuyant le Tartare

tarabiscoté pris dans ses arabesques, les amants glissent, mêlés dans leurs draps bleus et roses noués. Lui est tout biceps et pectoraux, elle, a les cheveux *débigoudés* et un déshabillé décolleté. De son gros doigt de King Kong, Ben Hur fait glisser la tunique de la *débigoudée*, dévoilant...

Oh ! Cette bizarrerie barbare de bazar m'hallucine.

Je me frotte les yeux pour recouvrer ma raison. Voyons, ce n'est pas Byzance, c'est Lyon ! En vain. Le péplum continue...

Voici qu'une autre dame perchée sur le campanile, une Madone toute étincelante d'or, encordée et grutée par un fort bras d'acier, condescend à en descendre.

Un homme à elle encordé et dont les bras velus laissent peu augurer de l'angélique origine, préside à la manœuvre. Serait-elle dictée par des désordres dus à la foudre, divine ?

Une foule fervente assemblée chante du Josephin Soulary et au divin aspire : - « *Vierge, daigne accueillir mon hommage discret. C'est pour le bon motif et nul autre intérêt.* »

Tandis que le cordiste avec un fort accent florentin conspire : - « *O beaux yeux bruns ! De son feu ma poitrine…Toujours brûlait de sa fureur divine… »*

Décidément, cette *Descension de la Vierge* à Fourvière, m'inspire. J'en ferais bien un dogme aussi fécond que l'immaculée conception !

- Entends-tu, Irénée, que le cordiste blasphémateur prend la Vierge pour Louise la Belle Cordière?

- Je suis pour la conspiration poétique.

Je me suis entendu répondre cela machinalement.

La voix qui m'avait déclenché cette répartie spontanée, reprend à mon oreille en ricanant:

- Et sais-tu mon garçon, quelle est cette croupe en ronde bosse qui à la Bourse lyonnaise sous le mâle fleuve se rehausse?

- Heu…La bourse et la vie !

- Et les sirènes de la fontaine des Jacobins qui dressent en leurs beaux seins ces poissons frétillants aux éjaculas bouillonnants?

- En marin policé, je dirais…A chaque Jacquot, sa bite !

- Au pied du roi soleil en sa Bellecour, cette Saône au pénis par les siècles, lustré?

- Belle croupe !

- Au Parc de la Tête d'Or, désinvolte, la centauresse à l'éphèbe pâmé, attribut viril confisqué ?

- Ovide du membre !

- Belle manœuvre, capitaine !

Je me retourne vers la voix. C'est un vieil homme en haillons, aux yeux brillants dans un visage fripé qui me regarde narquoisement.

Virgile !

Mon cœur fait un pic.

Je crois revoir en lui mon père, revenu un instant, revenu une dernière fois pour me prendre par la main et me montrer le chemin.

- Tibi propitium sit Lugdunum, fili mi ! Quand le père Santacroce m'a dit que tu étais revenu à Fourvière, à l'antique Forum Veneris, pour y chercher la Venus aux Monts d'Or, venue d'Aphrodite, je me suis dit que le moment était venu que je te montre la secrète voie des enfers.

Mais je le ferai seulement si tu me promets que tu ne te prendras plus pour Irénée le dogmatique et que tu ne diras plus que le beau est apocryphe.

- Non, Virgile. Je m'en tiendrai au charme de cette nuit de décembre pour laquelle je suis venu dans l'espoir de voir la déesse attirée hors de son antre, cette nuit de la descension, où les étoiles se font lumignons.

Je te promets que je ne demanderai plus pour quel salut tant de ferventes illuminations.

- Oh ! ça... Irénée.. Légionellose romaine, peste, choléra, immaculée conception, grippe du canard dombiste et du cochon mexicain, vieille tradition d'occultisme, ontologies mêlées, onirismes festifs, flux funambules des funiculaires de la colline qui battent la cadence de l'immanence et de la transcendance, nostalgie d'une trace perdue, un jour de crue, un désespoir en creux, les bras en croix...

Qui sait? Qu'importe après tout pourquoi dans l'antique Lugdunum ce feu déjà couvait !

- Peu importe, il est vrai, Virgile. Seule compte pour moi désormais l'exaltation de ma quête.

Alors, pour toi ô déesse de l'amour tant espérée, je t'appelle et ainsi je déclame :
Viens à moi, viens à moi dans la magie de cette nuit de décembre, viens avec moi, dans cette longue houle de foule, où une suave soierie stellaire exhale les halos d'haleines d'hiver.
Et emportés dans ce flot, qui de la Ville comble les béances fluviales, du Point du Jour à l'Etoile d'Alaï, de la Demi-Lune à la place Ronde, nous rêverons aux lointains des grands sables sahariens.

Au petit jour, volera en retour, par courrier sud, un voile ocre qui saupoudrera en crissant tous les toits, les rues, les autos et nos yeux alourdis d'étincelles de silice.
Par ce marchand de sable et d'air sentant la

datte mûre, dans ce mi-chemin d'ici, entre soleil du midi et soleil de minuit, à la latitude quarante-cinq, ensorcelés, enlacés, nous nous ensommeillerons.

Et tous s'ensommeilleront.

-Tous sauront alors que tout n'est que passage, commente Virgile d'un air blasé.

- Le passage justement. Le passage, Virgile. Il doit bien être quelque part...

- Quelque part est la faille embroussaillée qui mène aux sombres délices ! Ricane le Vieux. Voyons, Irénée ! De la colline, je sais tous les interstices. Suis-moi ! Vois ce passage délaissé qui s'esquisse !

Marche sur ma trace dans ces jardins oubliés, habités par des ombres tranquilles qui dansent dans la tiédeur montante de la ville.

Un mur de roches grises à la lune, une tonnelle ruinée...Entre les moellons de pierre, courent des lits de briques rouges.

Statique antique !

Tu vois, nous sommes sur la bonne voie...
- Mais...Oh ! A l'aide ! Voici que des chiroptères m'assaillent! Des pipistrelles m'urinent dans les cheveux, des rhinolophes me regardent à l'envers la goutte au nez, des monstres de Cestoni vrombissent comme des

bombardiers en Bosnie. C'est dégoûtant!

Pitié ! Virgile ! Où es-tu Virgile ? Où es-tu ?

Oh, je l'ai perdu. Pourquoi cette nouvelle épreuve infligée au héros ? Il faut que je tienne bon.

Je frappe dans l'essaim.
Ca couine et ça *froissonne.*

Les gardiennes du royaume d'Hadès se dispersent affolées et découvrent un passage voûté... qui plonge dans l'éternelle nuit. Je m'avance dans cette seule proposition.

Cela remonte, cela redescend. Dans la lumière de la lampe que j'avais emportée, un *cataphile leptospirosé* a graffité dans le boyau :
« Un jour ou l'autre, tout remonte à la surface ».
Une remontée aigre me traverse les tripes.
Où suis-je ?
Est-ce le cloaque antique ?
De quoi buter sur un étron relique !
Tiens ?!
Qui est ce type contorsionné dessiné là avec un long nez et de grandes oreilles.
Anubis ou Cagliostro ?

Chut, il y a une voix.

Vite, masquer ma lumière et progresser prudemment en écoutant.

D'un baryton monte, sépulcral, le chant des enfers. Serait-ce le chant hideux des coprophages lucifériens?
J'ai peur.
Je discerne au loin une lumière vacillante.
Je progresse en tâtonnant.

Me voici aux abords d'un espace qui s'ouvre sur un bassin.
Serait-ce la grotte Bérelle, l'antique citerne romaine ? On le dirait.

C'est une salle carrée, aux voûtes croisées portées par une trame de crypto-colonnes. Leurs pieds baignent dans l'eau lustrale qui reflète le rouge pompéien des badigeons révélés par la lueur d'où déclame le chanteur.

Je risque un œil.

Là, dans le carré du cœur, quatre piques fichées portent un lit de satin noir et or, satanique. Sur le rouge des voûtes par un fanal éclairé, un couple enlacé se reflète dans l'eau lustrale. Il chante.

Elle, yeux noirs en arcs brisés élevés, joue l'ultime chasteté, celle de sa peau de lait voilée.

Nuit chiroptère aux amants excentriques...

Ils jouent : As de pique, droit au cœur.

Lui, de son puissant poitrail au pourpoint carminé, entonne un buriné : - *O fortuna, velut luna !*

Elle lui offre son cou gracile et sa poitrine esquissée.

Dévoilant le sein sélène, du pincement délicat de la compagne de Gabrielle d'Estrées, le démon hisse le téton, en chantant : -*Semper crescit !*

Et la lune de chair frémissante dans la nuit, luit.

De l'audace et de l'anneau qu'il brandit, elle rit.

Tintement de ses dents claires !

Béance de la bouche mauve, corps blanc basculé sur la couche, doigts minces, égarés...

Lui susurre :- *Ô Lug-divine, ma mie, de la forteresse de ton corps, ouvre-moi la poterne, puits pour répit du feu qui me consume !*

Elle, pâmée, seins révélés, reins cambrés, dans un souffle, murmure: – *Oh, je défaille, je suis tienne.*

Tant de noire et sensuelle beauté !

Et moi, qui reste sur le carreau dans le rôle du valet bouffeur de trèfle fasciné par l'as de pique !
Que je quitte le jeu avant que ne s'abatte la dernière carte de cœur !

Je tremble du risque d'être démasqué et livré à la méchanceté des dents aiguës de ces croqueurs de pommes noires.

Ouf ! Mon repli se fait sans heurt. Ils n'ont rien vu. Ou je n'ai rien vu. N'y avait-il pas pourtant un filet de regard glissant vers moi ?
Etait-ce lui, était-ce toi, Lug-divine, au jeu gothique, sombre théurge ? Folle beauté perdue de la chrétienté!

Et moi qui espérais l'antique Aphrodite !

Ah ! On ne joue pas à invoquer les anges damnés! Du mysticisme exalté au satanisme exaspéré, il n'y a qu'un pas.
Dans l'au-delà, tout se touche. Ludivine, Lucifer te mène à sa fatale couche.

Et il adviendra dans la nuit infinie de ce gouffre, que rassasié et lassé, il te laissera, toute ratatinée, maligne Lug-divine, comme une ségrestine florentine.

Alors, des larmes colorées de vieille mérule s'exsuderont de ton mycélium et forceront les failles de la maçonnerie de ton lit maudit.

Et moi, revenu à la surface du jour, comme Scève, je quitte ce Mont Fourvière, qui à son pied voit courir l'une et l'autre rivière, tandis qu'aux miens descendent deux ruisseaux.

Oublier tout.
Oublier que la grâce antique a pris ici un goût méphitique.
Oublier que la divine Aphrodite a chuté en affreuse diablotine.
Oublier tout.

Je m'en vais me gorger de *picons*, du blanc sec de chez l'Adèle en passant par le tavernier de Saint Paul qui toujours *gongonne* contre son horloge détraquée.

Je sais bien qu'à force d'abuser sur le troisième fleuve, je regimberai un de ces jours et que ce sera là le début de la fin.

Mais pour l'instant cela fait du bien d'être au *cani* de chez l'Adèle à écouter la puissante philosophie élaborée en trente années de pratique médicale à Clochemerle en Beaujolais par le docteur Mouraille : -*Il y a la naissance et la mort et entre les deux, la fesse.* »
Et *ceussent gones* aux vieilles gaudrioles du père Chevallier qui disent que les *fenottes canantes,* les femmes affolantes, il faut savoir les emballer !

« La vie est à qui sait la prendre. Elle accorde peu aux consternés, aux réticents, aux salamalecqueux, aux êtres de petite carrure et de petit appétit, aux génésiquement faibles. Elle veut des conquérants puissants, audacieux et dominateurs... » Renchérit Virgile, avachi au bar, trempant dans un mauvais vin.

Voyant ma tête de *naviau grelu*, de navet blanc, il me lance pour *gognandise* : *-Oh, gone ça va t'i pas ? T'as tout l'air d'avoir croisé un cortège de blattes revenu du boulevard des allongés. Les blattes quand i vous arregardent en remuant du croupion, ça donne sept ans d'arias.*

Je regarde dégoûté, ses yeux jaunes injectés de sang, sa crasse séculaire et je recule pour échapper à son haleine de croque-mitaine.

Comme la meilleure façon de partir c'est de s'en aller, je me lève en me disant qu'aux malheurs des arias, je préfère le grand air.

Ayant traboulé à l'estime jusqu'à mon bord, mon crâne gorgé de picons s'effondre sur la couche du Plaka. Avis de tempête dans ma tête et puis je sombre en moi.

Je m'éveille pour un petit déjeuner pâteux sur le pont. Je suis flapi. Pour me survivre, je me hisse sur le pont, avide d'un gorgeon, juste de grand air. Les narines occupées à ventiler et les yeux plantés dans une échappée du ciel ennuagé, j'en viens à rêver...d'aéroplane !

Ce serait un Lightning. Il grifferait haut le ciel autour de mon corps, au hublot, rivé. Hors cette coque d'acier, passant haut dans les vents, seul règne le froid mortel du néant. Mais dans la coque d'acier, veillent les corps chauds serrés, des passagers. Il y a un passager comme assoupi aux aguets, une passagère par côté, rêveuse, aux aguets. La chaleur de leurs corps frôlés irradie, une douloureuse avidité.

Mais au palonnier, le chevalier du ciel à la gourmette, casque à rabat, sarrau de cuir et rondes lunettes, tremble dans la symphonie des soupapes en cliquetis. Comme moi, passant par sa ville, il voit l'orage arriver, pense à sa lettre à un otage, sait que nous sommes perdus... Il est coulé dans le bronze de ces héros qui fils de mère en mal d'ascension, finissent à la mer.

Je lui dis, Antoine, tant qu'à s'abîmer en mer, que ce soit en juillet où elle est bonne, à Marseille, là où justement mon navire, de Saône en Rhône aussi me ramène.

Ainsi, *comme corps mort vaguant en haute mer*, le Plaka délie ses amarres de Lyon pour Vienne et, en chassant les corbeaux noirs dont ma poitrine est hantée, je vois le Rhône enfler et plus à Valence, et plus encore à Montélimar, d'où s'embarquent dans ma mémoire éveillée, ces mots de Pétrarque :

« *Rapide fleuve qui d'une alpestre veine, en rongeant tes rivages, d'où t'es venu ton nom, nuit et jour descends avec moi, vers le but souhaité où nous sommes guidés, moi par Amour, toi par la seule nature... »*

Me voici en Avignon, où poète pris corps ton chant !

« *Baise lui le pied ou sa belle main blanche, et dis-lui : Que ce baiser supplée aux paroles : l'esprit est prompt, mais la chair est lente.* »

L'esprit est prompt, mais la chair est lente... O Poète mon ami, se délivrent de nos lyres, tant de soupirs !

Mais voici Arles la romaine... Et puis Port Saint Louis du Rhône où le courant me mène.

Ici s'ouvre le fleuve, sur toi, Méditerranée aux tankers assoupis !

Je m'engage en tes flots, passe Caro, redouble le Cap Couronne …S'allonge très verte, la Côte Bleue avec Marseille dans le lointain. Alors, en passant la plage de Sainte Croix, pour Jean Claude Santacroce, comme un lamantin, je lance une longue sirène pour dire ma peine.

Mais… Horreur !
Une explosion dans la soute !

Je cours, affolé, cherchant les effets et la cause. Sous-marin russe ou rostre du Nautilus ? Ou…Je ne veux y croire… Des « cierges » kosovars… Oubliés ?

Je constate les dégâts et la fatale issue qui s'en suivra. Comme le Plaka prend de la gîte, lentement je me calme.

Quand le pire est sûr, le pourquoi et le comment se rejoignent dans leur insignifiance.

Alors qu'importe ! La vie est une apparition à la fenêtre. Surtout quand il ne s'agit après tout, que d'un songe.

Cette étrange léthargie est soudain interrompue par une seconde déflagration qui me fait perdre connaissance.

Bérénice au jardin des délices

Tandis que le Plaka sombre en vue du port naufrageur avec son naïf capitaine, de l'Olympe hellène, m'atteignent très lointaines, des haleines et je crois voir flotter les Parques en leurs robes moirées. L'une dit :

- Dis-moi ma sœur, qui est donc ce marin dans un funeste destin ?

- Irénée, fils de Léonidas.

- Léonidas, roi de Sparte! Hector ! Achille ! Les meilleurs de tous.

- Je propose un nouveau concours de beauté : Laquelle de nous Troie fileuses de laine aura le plus suave Hellène?

- Tu es folle!

- Non, non. Tant pis pour les dégâts. Il faut bien que les Immortelles s'octroient quelque facétie pour rompre leur ennui. Léonidas aux fortes cuisses….Hmmm !

-Mais non, pauvre Fusaïole, pas ce Léonidas, au corps de ce beau bronze dont on fit le colosse de Rodin. Celui-ci s'appelle, Irénée, fils de Léonidas Koularistos.

-Koularistos ? Je ne connais personne avec un nom pareil. C'est quoi ce grec, d'abord ? Koularistos ? Peut-être un baragouin gréco-américain...Ce serait « celui qui est cool ». Celui que rien ne perturbe. Un épicurien, en quelque sorte.

- Encore un nouveau barbarisme de la plèbe. Cette sottise ! Et... L'Amérique, dis-tu ?

- Oui, c'est comme l'Atlantide, c'est un présumé continent au-delà des colonnes du héros aux grands travaux. Existe-t-il vraiment ?

- Il faudrait faire des fouilles. Schliemann peut être...S'il ne se trompe pas de couche encore une fois. Bien des efforts pour des coucheries dans une petite Barbarie! Mais de quoi se cache donc ce Koularistos pour s'être affublé d'un sobriquet pareil ?

- C'est, il est vrai un nom d'emprunt. Un barbarisme occultant une vieille histoire de défilé aux portes chaudes, trop pour son aïeul qui choisit l'esquive en esquif plutôt que la gloire posthume des Trois Cents.

- Ou la trahison ! Mais cela n'a plus guère d'importance en ces temps obscurs où le démotique de la plèbe triomphante a bradé les esprits qui auréolaient nos mots. De brasser le fer et les eaux, les Hellènes en sont-ils parvenus au brassage barbare des mots ?

- D'Ulysse à Enée, dis donc, nous n'en sommes plus à une trahison près. C'est comme si moi, je me disais de l'Hoplite, la Pénélope à sa pelote. La femme de ce type à grosses cuisses parti,- disons « voguer » et faire du cheval à Troie.

Et moi, je serais restée là à attendre la fin de son tour de manège. Je serais si lasse d'attendre, le fil viendrait à manquer.

L'éternité est une salle d'attente où l'on ne vient jamais nous chercher.

Que ça finisse!

Qu'on parque ce Koularistos chez Hadès !

Clac ! Je coupe son fil…

Je crie, je supplie, mais c'est fini. Je sombre.

S'échappent ma casquette, mes galons et ma lunette.

Est-ce qu'à un héros à la modeste épopée juste rêvée, la morne plaine des Asphodèles saura-t-elle être épargnée ?

Tout ce que je sais, c'est qu'au bout de ce sombre naufrage, j'en viens à sentir un fond. J'inspire, j'expire pour me calmer.
Mais ? Si j'inspire, si j'expire, c'est que je ne suis pas mort !

Je n'y vois rien. Assis au sec, je sens avec mes doigts dans l'obscurité, quelques bouts de coque de bois.

Un parfum suave mais sans excès, frais et léger s'insinue en moi. Tinte un carillon clair, sériel et séraphique, ponctué par une note plus grave, étrangement consolatrice.

Une lointaine lumière se dessine à mesure, comme un appel.

Mû par la curiosité du lombric, freiné par la crainte du serpent, sur un sol soyeux, rose, humide et tiède, je me prends à ramper. Monte en moi la mémoire de la vulve première.

A l'issue de ma reptation, je baigne désormais ébloui, dans la lumière en son plein règne.

Ah! L'anesthésiante quiétude de la mort imminente! Renaissance désespérément fantasmée! Mais pourquoi sentir ma chair innervée si j'ai trépassé?
Serait-ce la mémoire du bras de l'amputé?
Mes yeux, ma tête bougent ! Illusion?
Et la vie, un rêve ?
Qu'en est-il? De quoi? De tout?
Vertige !

Il faut que je me calme.
Respire calmement, Capitaine Koularistos.
J'inspire, j'expire...

Suis-je mort ?

Je vois briller des étoiles.
C'est impossible, ces étoiles !
Au fond de la mer, il n'a pas d'étoiles !

Enfin, pas de celles qui brillent...

Finalement, même le firmament ment.

Oui, mais quelque chose prend tournure.

M'apparaît maintenant l'évidence d'un jardin.
Oh ! Sa frondaison porte des fruits à foison.
Ils m'appellent à leur délectation.
Au risque d'une fautive transgression ou d'une
fatale indigestion, j'incise un fruit exquis.
Du corossol, *ô mi corazon*, mon cœur s'affole !
Le suave fondant de cette chair pourtant à
l'excès, déjà m'exaspère : Car à faire les cent
pas, de toutes parts, le bord est là.

Un *hortus closus* ! C'était prévisible...

Parodie de paradis !

Au cœur de ce clos, jaillissent joyeuses, des
sources cardinales. Elles moussent sur les
mousses entre des buis savamment
ensauvagés. Par les échappées, des gazons
perlés de gazouillis vermillon et vert mignon,
flottent sous l'opale d'or des vapeurs.

Au point où j'en suis, dans un cliquetis de clé,
je vais voir venir Saint Pierre !
Mais non. Personne. Pas même un saint à qui
se vouer.

Tiens ? Quelque chose bouge derrière les
bananiers. Hop, hop et hop! Voici Zig et Zag,
des lapins blancs. Un de ces petits tout doux a
sauté sur mes genoux. Il me fait un bisou
doudou. Je sens l'humidité intime de sa petite
truffe frémissante.

Depuis combien de temps n'ai-je pas dormi dans cette folie? Est-ce que la mort serait l'absence de sommeil ? Est-ce que le temps a seulement encore un sens, ici ?

Sonne le réveil de mon ventre. Je cueille un autre fruit. Comme il est bon ! Et comme les fleurs sont belles ! L'eau est délicieuse ! Je mets un pied, deux. L'onde va s'élargissant. Je me baigne.

Je flotte sur le dos, nu, bras et jambes étendus, les yeux vagues, dans les étoiles fixes.

Où sont les astres errants ? Là, la lune fait la virgule, le soleil le point. Mars, en grand mandarin, est mandarine. En songe, son galbe, je longe. Même ses bonshommes verts, à l'extrême orient de leur âge mûr, y deviennent, mandarine. Ton sur ton, je les perds. Dans les failles profondes du Labyrinthe de la Nuit où j'ai atterri, encore plus, je me perds. Nul méga store, ni Minotaure, je me désespère. Mais descendant sur son fil, une Ariane perfide me fait gravir de peur l'Olympe martien. Là, dans l'air ténu de sa caldeira, le ciel est rose, pêche et mirabelle. Pris par les grands vents de la planète rouge, je plane jusqu'au pôle où une blancheur ouatée couvre ses tons fruités. C'est beau comme un jeté d'hermine sur le poli d'une épaule féminine.

Je flotte…Longtemps béat, je flotte.

Finalement... De flotter, je me lasse.

Je me lève et vais me promener sous les frondaisons. Sinon quoi ? Désœuvré et agacé, je me délecte bruyamment d'un gros fruit dodu et très rouge. Je n'ai plus de retenue.

Le végétal aussi montre moins de pudeur. Je m'enfonce plus avant dans la moiteur érotique de sa luxuriance.
Troublé, je m'y allonge.

Un désir indécis indécent me fait tressaillir. Mais comme finalement rien ne vient, je m'endors.

Au réveil, j'ai le vague à l'âme. Triste constat, mon paradis chéri se ternit. Ainsi en va-t-il des hommes: On les met au paradis auquel ils aspirent tant pour consolation d'une vie de labeur et de peur et aussi pour solde de toutes les frustrations subies et il se passe quoi ?
Ils s'y ennuient.
Peut-être pas lorsqu'ils y vont *post mortem et ad vitam aeternam.*
C'est en tous cas ce que jusqu'alors, j'espérais.

Toujours est-il que dans cet étrange Empyrée, mon désarroi va, empirant. Que faire? Un programme de jardinage? Ce maudit paradis fonctionne sans.

Tout fonctionnait d'ailleurs très bien avant, sans l'humanité.

Il vaudrait mieux en finir. Mais comment ? J'ai encore trop soif d'être !

M'échapper. Attendre l'automne, la saison des pommes à croquer, pour du paradis, m'échapper.

Avec qui ? En panne d'idée nouvelle, sans personne à mes côtés, j'offrirais bien une de mes côtes à ronger !

Mais l'histoire n'est pas le cercle que l'on croit, c'est la spirale fatale du vague à l'âme.

Une spirale ? En effet, elle vient, elle s'enroule, se déroule en une vague d'or si diaphane, qu'à peine embrume-t-elle mon corps qu'ainsi elle environne. Je sens au bout de mes lèvres son goût de violette et de muguet.

Elle me parle dans un gazouillis haut perché :-
Un l'unité, deux la ligne, trois la surface, quatre le solide.
Entrons dans le Tétractys, mon beau capitaine !
Dans son tracé aigu, angulaire, j'ai construit pour toi la souple hélice jumelle de l'acide désoxyribonucléique. Par cet emboîtement du dur et du mou, par le frétillement du raide dans le souple, nous activerons les séquences sérielles porteuses du divin vivant.
Ne crains rien : J'ai testé les turbulences en appliquant l'équation des cordes vibrantes, les champs de forces et cette matière molle qui unit le vivant et l'inerte.
Les deux principaux mouvements à accomplir seront ceux de la roue et du piston car comme

dit justement Zénon d'Elée « Le mobile ne se meut ni dans l'espace où il se trouve, ni dans celui où il ne se trouve pas. »

- S'il ne se meut pas, c'est qu'il se frotte ! Lui dis-je.

-Belle manœuvre, capitaine ! Loin irons-nous pour cela, loin, jusqu'à la forge secrète là où, au feu du rouge interdit des Trois Rois d'Orion, sous le regard maternel de Sept Sœurs Bleues, dans cette alcôve où se tient caché le divin du monde, nous ferons naître ces êtres nouveaux qui uniront la dualité des ondes et des corps.

-Une forge ? Héphaïstos ? Dis-je affolé.

- *N'aie crainte ! La pataphysique c'est trop haut pour les dieux telluriques ! Là-bas, à la limite pourpre du spectre, un soupçon de violence violette…prune, quetsche… Irriguera en flot carmin impétueux ton dard soyeux ! Et de notre frottement zélé, s'en suivra à vitesse superluminique, une décharge cosmogonique…*

- Foutre de foudre !

- *Oh, mon beau capitaine ! Prenons place et que s'unissent nos efforts pour atteindre l'harmonie parabolique du Grand Tout. D'ivoire est ta peau et mon désir s'y love ! D'amour la vague de ma chevelure sur tes côtes, roule. Savoure comme lisse tes cuisses, ma houle !*

Mais à la frustre enfilade, préférons d'abord la grâce des métaphores défilées. Le moment de ce qui s'érige vers les étoiles n'est pas venu. Il nous faut encore faire des exercices d'allumage.

- Monstrueuse allumeuse ! Qui es-tu donc ?

- Je suis le prix que Pharaon paya pour sa victoire et je suis l'Aimée perdue de l'empereur Titus. Je suis la chevelure de Bérénice. J'étais juste là et si lasse d'errer dans les cieux. Je ne pensais pas retrouver un tel bonheur à te connaître, un tel amour... As-tu vu ces roses à l'instant écloses? Et ce myrte ? Tiens, c'est pour toi.

- Pourquoi dis-tu cela ? Pourquoi est-ce que je te le demande ? Je le sais bien qui tu es. Tu es un sortilège d'Aphrodite. Tout comme ce jardin. Vous n'êtes rien que les folles chimères d'un naufragé décédé ! Tout cela n'est qu'illusion.

Fuyons !
Je zigzague dans ma sphère. Me voici bien caché sous un treillis de branchages très serrées.

- Pauvre chou! Je vois ta poitrine affolée à l'hallali ahaner dans les halliers.
Pourquoi, toi promis à nul autre feu que l'amour es-tu tant saisi d'effroi ? Cette inaliénable fusion, cette splendeur, tu la sauras.

O doux Ami, laisse-moi d'une pudique prudence effleurer tes beaux muscles marins aux manœuvres hauturières, forgés. Voilà qu'ils s'alanguissent et que ton souffle s'alentit. Ah ! Je sais m'y prendre. Je sus chevaucher un étalon fou et un taureau divin. Et même tenir les rênes d'un chariot de feu.

- Cette fois, ce n'est qu'un tout petit navire, avec un si petit capitaine...

- Reprend-toi, capitaine Irénée Koularistos ! Regarde-toi dans notre vasque ! Y vois-tu cet air de lapin apeuré et cette faunesque barbiche? Tu es hirsute ! Comment accomplir notre si bel amour avec un tel négligé !

L'amour demande du soin, de la prévenance ! C'est si fragile, l'amour ! Je vais t'apprendre. Tu verras, je vais épanouir les sublimes secrets de ton corps !
- Ah? C'est là pour les ablutions.
De quoi me raser. Mais....Attention !
Ta mèche d'or m'aveugle!

- Oh! Tu t'es coupé! Comme c'est charmant, cette petite goutte de sang si rouge qui perle sur ta joue! Tu es si jeune encore ! Tu vas trouver de quoi te soigner.

- J'ai trouvé.

- A côté, il y a du nectar de jouvence. C'est prodigieux ! Il faut t'en mettre. C'est si fragile la peau d'un homme. C'est juste le temps d'une

78

rose ! Même ta ronce ne durera que…

- Toi, l'Illusion, si je te pique le chignon, tu vas t'ensommeiller pour des siècles et des siècles.

- *Serais-tu cruel? Il faut ton corps parer, à l'image de la beauté. Prend le mascara.*

- Non.

- *Tu ne veux pas? C'est pour te faire des cils de cerf pas de biche, voyons ! Force le trait ici, étire le, là, estompe ce qui trompe.*

- Comme ça?

- *Pas si mal avec le mascara. Ombre tes yeux noisette d'une teinte plus foncée que ton iris, ainsi paraîtront-ils plus lumineux.*
Pour l'accorder avec les tons alentours, choisi l'or, souligné d'une prune qui sur le bord relèvera la dominante verte de la noisette.

Ton corps est mon jardin. Magnifie la fleur de ta bouche, mon amour.

Prend le rouge à lèvres.

- Oh, non…

- *Tu ne veux pas, bien sûr. Ta pudeur est si charmante, cette gêne de jeune homme…*
Non, pas ce rouge à lèvre, il est pour filles.
Celui pour les garçons, voyons.
Un marron fort, âcre, avec juste une ombre

mauve.

Oh ! On n'en met pas sur les bords de la bouche, c'est démodé ! Pour finir, prend de la nacre argent en bâton. Un peu sur le contour de ta bouche, doucement, non, oui. Voilà de belles lèvres, bien pleines.

Mais comme tu as encore mauvaise mine !
O mon pauvre chéri, toutes ces épreuves que tu as subies ont altéré ton teint.

- Un teint de déterré.

- *La terre de Sienne sied au survivant. Relève de lumière par du talc tes joues.*

- Et pour le bout du nez, un lumignon mignon?

- *Préfère l'argument d'une note d'or sur la toison de ta poitrine ! Dessous, d'une ombre de Sienne sculpte-toi un buste… olympien. Rehausse-le d'un filet touareg au bleu ancien. Fils des dunes, viens maintenant, suis l'aimant solaire dont je me pare pour te plaire.*
Champs de juillet. Coquelicots sur tes mots. Bleuets de Bérénice et blés mûrs, leurs vagues dans ta chevelure !

Tu marches enivré dans mes pas de l'été, tu marches dans la tiédeur de ce songe ouaté. Mais là où je te mène est le secret, à qui il sied les ombrages. Suis-moi dans le bois sacré. Vois le sinueux sentier où murmurent mauves, les violettes. C'est ici, sous les camélias carminés tressés, que s'annonce ta gloire, ici cachée.

Prend la couronne fleurie. Vois ses roses par ta tête ceinte, juste écloses. O mon roi, aimerais-tu te mirer dans la vasque ? D'une vague de cheveux, j'en apaise la source. Elle frémit, s'est endormie.

Regarde-toi !

- Je vois le miroir de velours noir…. Où les astres scintillent… autour d'un être exquis…

- *Amour, ne te penche pas, tu risquerais la noyade ! Et de ta nymphe ne resterait que l'écho de ses os.*

- Etre d'ivoire, de terre et de rose, embrumé d'une vague virtuose… Comme je suis beau!

-*Je t'en supplie, Amour, recule de ce périlleux rivage. Encore ! C'est bien.*

Il faut te reposer maintenant, mon beau capitaine. C'est trop pour un homme. Allonge-toi dans l'herbe. Goûte comme elle est tendre. C'est de la ouate ! Dors maintenant.

Entre Lion et Grande Ourse, à Sedna, irons-nous voyager. Son ellipse est si fine, si féminine ! Tu verrais sa belle albédo ! Elle est si blanche pour une Oort ! Là-bas, dans la mousse d'Abell 1656, pour toi, je déferai ma ceinture…Il est vrai que…C'est à quatre cents années-lumière, tout de même...

- Magnifique proposition ! Je serai depuis longtemps dans ma bière. C'est si bref la vie d'un homme, tu le sais bien, Chimère : Juste une apparition à la fenêtre.

- *Hélas ! Ne restera de toi que la mémoire d'une poussière, une fragrance légère, musquée, mais si fugace. Si peu de chose pour combler une femme !*
Oui, tu ne seras plus là.

Oh ! Déjà, comme je souffre !

Que le jour recommence et que le jour finisse, sans que jamais Irenus puisse voir Bérénice, sans que de tout le jour je puisse voir Irenus ?

Antinéa à Lutetia

Après les dernières rimes de Bérénice, comme dans le théâtre de Racine, c'est rideau.

Je me retrouve dans le noir, avec à l'aile du nez, une petite douleur qui me fait plisser. Je touche. Un bouton en éruption. Héphaïstos m'aurait-il infligé un petit volcan ou ma fée cosmique se serait-elle trompée de cosmétique ?

Me voilà à me chasser l'acné comme à mes dix-sept ans...Où j'étais...Ame éruptive ! Et celle d'alors, comment était-elle? Pareillement rosée de volcans piquetée. Boudin-boulotte. Forte en maths. Elle m'avait dit : - *Salut Irénée! T'as eu combien?*
- O Vera, Ça va...Où est Kevin?
- *Asymptotique au réel, ce naze. A glissé sur la cloche de la courbe de Gauss du côté des valeurs négatives. Touche Eject!*
-Tu devrais te lancer dans les polards mathématiques, Vera.
-*Misérable mollesse des mots! Moi, j'aime les sciences dures.*

A ces mots, je regardais sa moue dédaigneuse et en descendant, ses bourrelets et tout en bas ses bottillons à talons qui hissaient sa croupe rebondie. Mon poil de la bête sentant le gonflant des cimes, plutôt qu'une inscription au Club Alpin, je risquais: - T'as du Coca chez toi? Elle avait acquiescé et, malgré la disgrâce de l'appel éruptif affiché sur nos visages meurtris, nous y étions allés. Bien culottée, la grande Polonaise m'avait déculotté comme une descente de clavier.

Voyant mon émoi puceau, plutôt que le Coca, elle avait cherché la *Zubrowka*, une nostalgie du père, gelée dans le congélateur. Dans cette Pologne portable pour plombier pochtron nage une petite herbe parfumée, celle des pâturages des derniers bisons d'Europe. Que faire de mieux pour arrêter l'hémorragie de cette espèce, pourtant de si vigoureux mammifères, là depuis les temps de glace, mais menacés d'extinction pour cause de génocide, que faire, sinon l'amour, le don de nos jeunes vies ?

- A ta santé, bison ! Vois-tu, Irénée, comme la petite herbe à bison glisse souplement dans le goulot, portée par la pâte de vodka gelée ? Je relève, je recouche. Hop et hop.

J'avais dégluti à l'idée d'avoir ma petite tige dans un si robuste goulot. Allait-elle rester droite alors que l'herbe à bison fléchissait en sortant ?

Après un cul sec à la polonaise, nous y étions arrivés sans que je ne sache plus très bien à quoi, ni comment était cette douleur, cette douceur, ce parfum-là, des cheveux chatouilleux de Vera.

Tout de même, il me semble que c'est une bonne nouvelle cette éruption cutanée !
Bonne nouvelle aussi que cette remémoration de Vera !
Se pourrait-il qu'ainsi je retrouvasse quelque lien avec la vérité, la réalité, ce qui fait que l'on croit savoir où l'on en est ?
Parce qu'enfin, ces voix tombées de l'Olympe et cette parodie de paradis... Ne sauraient être que des songes !

Des élucubrations de naufragé... Décédé ?

J'ouvre les yeux.

Je me vois étendu sur un lit dans un décor d'hôpital. Deux hommes me veillent.

Le plus âgé commence : *-Té Collègue ! Bienvenue sur terre ! Tu m'entends ?*

- Oui...

Hé ben, cette fois tu t'es esprofondi pour de bon! Je t'avais pourtant dit que le port d'ici est un port naufrageur.

- Port-nau-fra-geur ?

- Enfin... C'est plutôt qu'en te lamentant tu as fait comme le capitaine du Costa Concordia : Déboussolé par une fille, tu t'es enquillé sur un rocher, pourtant là de toute éternité.

- Jean... Claude !

- *Heureusement, qu'il y avait une touriste parisienne du camping qui t'a sorti de là avant que tu cannes. Une sacrée bonne nageuse, ajoute Jean Claude avec son air de deux airs.*

- Bé-ré-nice ?!

- *Heu...Oui. Elle doit s'appeler comme ça.*

- Où suis-je ?

- *Là où l'on met les capitaines des bateaux ivres. D'aucuns en perdent la jambe, d'autres la tête.Tu es à l'hôpital de la Conception, boulevard Baille, à Marseille. Comme Rimbaud.*

- *Mais il va falloir qu'on t'exfiltre fissa,* fait l'autre homme dont je reconnais l'œil noir.

- *Ca va Zitoune, laisse le Ravi dans la joie des retrouvailles,* l'interrompt aussitôt Jean Claude avec sévérité.

-- Le Ravi ? C'est qui le Ravi ?

- *C'est juste le santon de la Crèche qui, bras levés, annonce à tous, à Noël, la bonne nouvelle.*

- Un ange ? Plein de béate béatitude ?

- Non, non. Un homme content. Content de tout.

- Un imbécile heureux, quoi.

- C'est toi qui le dis.

- C'est qui le Ravi ici?

- Hé Bien... Le Ravi... Le Ravi c'est le Ravi. Laisse tomber, Irénée. Ecoute plutôt ça : Pour te refaire une santé loin du risque de te noyer, Toinou, un cousin à moi de Paris, t'a trouvé une petite chambre là-bas, dans un coin charmant.

- A-Pa-ris ?!

Mais oui, à Paris ! Même que cela s'appelle rue de la Gaieté. Alors tu vas bien t'amuser.

Ah ! Tu sais... Les petites femmes de Paris... La Gaieté, quoi ! Peut-être même vas-tu retrouver cette...Bérénice.

Et tu pourras te chercher des bouquins grecs à la librairie Desmos tout près, du côté de la rue du Maine.

Tu vas te refaire une forme olympique, mon collègue !

Et me voici parti avec Zitoune pour Paris via Ganagobie et tous les sanctuaires du pays, dans un fourgon plein d'art monastique, qui après un détour torsadé par Saint Séverin et un dernier virage ombré par la Tour Montparnasse, me déposa rue de la Gaieté.

Mon voyage tient désormais dans cette chambre sous les toits de Paris, où pourtant patauge dans son bassin, un petit sous-marin de bois et de carton que je me suis fabriqué.

D'humeur de celui que plus rien ne leurre, je vais à la fenêtre voir passer les vies dans la rue de la Gaieté.

Celles que je vois depuis mon vasistas, n'ont rien des animaux jubilatoires de la Commedia Dell'arte du théâtre italien de ma rue.

Ce ne sont là que de pauvres vies de muridés, peut-être clonés ou tout comme, allant vendre leurs heures, leur peau, enfin tout ce qui se peut, pour pouvoir consommer jusqu'à se consumer. En voici une qui passe avec l'obscénité d'un sourire trop rouge et l'aiguillon d'une élégance perchée, bien fardée, voulant quand même respirer l'innocence.

Mais toutes passent pressées, avec à peine un regard aiguillonné, tant harassées d'être lessivées.
Tous les jours ces vies passent et repassent sous mon vasistas en s'efforçant de croire qu'on peut prendre le pli et se tenir droites dans

ses bottes d'habiter là, dans ce soi-disant bonheur d'une ville si célébrée.

Elles se trompent et le savent : Seul le beau linge s'étale à Paris.

Et moi, qu'est-ce que je fais là à marmonner dans mon réduit de rentier à dentier? En rade, toujours en rade, ce soi-disant capitaine, présumé grec...

Que faire pour m'occuper désormais ?

Ramasser un chien errant, peut être... Au point où en sont les choses, autant caboter avec un animal de compagnie dans les allées ombragées. Mais il ne faudrait pas qu'il exagère. Je n'aurais pas la patience d'aller aux potins de quartier, à flairer les crottes autour des catalpas sans me lasser. Trop d'escales nuisent à l'allure du navigateur, moussaillon.Le chien aurait mangé toutes mes biscottes et mon pâté de foie. Puis je lui aurais passé les cent un dalmatiens. Depuis, on ne rêverait plus que de croiser les laisses avec un beau couple humain canin féminin et que ce nœud devienne un double nœud d'amour. Car enfin, on ne fait que rêver d'amour, puisque les canins et les humains partagent cette grave perte : la scissiparité. La paramécie, elle, n'attend rien dans son bouillon.

Tout a changé, le jour où la voisine d'à côté a frappé. J'avais entre ouvert ma porte, le regard peinant à revenir de trop loin sous ma casquette de marin.

Comme elle insistait à propos d'un présumé dégât des eaux chez elle, en-dessous, je m'étais distraitement excusé pour la voie d'eau, en lui disant que je verrais ça avec mon armateur. Bredouillant quelque chose pour prendre congé de l'importune sans la regarder, je m'apprêtais à lui fermer la porte au nez.

Mais elle était restée scotchée, bouche bée, les yeux écarquillés, regardant par-dessus mon épaule et s'était exclamée :- *Oh ! Mais vous avez un bassin dans votre salon, voilà pourquoi ! C'est quoi, dans le bassin ? On dirait le Nautilus ! Ou est-ce la conque de Vénus ? Pourriez-vous me dire, ce sous-marin…*

- C'est le radeau du naufragé, Mademoiselle. Quitte à couler au moins que ce soit dans un esquif approprié, lui dis-je d'un air blasé masquant au mieux mon émotion devant sa beauté soudain révélée sous mes yeux bien obligés de se lever.

- *Ha, bon ! J'en suis médusée. Mais le problème, voyez-vous, c'est que votre mer fuit chez moi…. Vous verriez mon plafond ! Un vrai drap d'énurétique. Remarquez c'est mon ficus qui a été content. Toujours, j'oublie de l'arroser sauf… Quand je pleure. C'est qu'il est caché derrière mon chevalet, où je peins une biche.*

- Qui attend. Lui dis-je d'un air bougon

- *Qu'en savez-vous ? Peut-être, après tout. Et vous donc ! Vous devriez allez faire un tour dans les rues et les parcs de Paris. Montsouris grise qui lui trouve bonne mine et les chats de gouttière ont gardé l'appétit de l'amour sous les réverbères. Ah ! Ce bonheur simple, d'être là, des vivants, ici, à Paris, ne trouvez-vous pas ?*

- Excusez-moi, mais êtes-vous Bérénice ?

- *Bérénice, moi ? Non, non. Vous faites erreur.* Elle réfléchit, se concentre et puis son visage s'éclaire d'un sourire qui me ravit : -*Voyons, Capitaine, je suis Antinéa, fille de Poséidon et reine de l'Atlantide, vous savez, ce royaume perdu que vous avez noyé sous votre mer. Ici, à Paris, je suis Antinéa de Lutetia.*

Et elle est repartie en gloussant.

Depuis, je l'imagine, m'attendre dans son royaume sous-marin. A peine si cela doit glouglouter au-dessus d'elle. Son œil va du plafond à la télé. Comme moi, elle doit regarder le type des infos. C'est toujours le même. Elle ne sait plus si c'est un père, un frère, ou un amant. A son flanc, une Marianne en tailleur, dévoile sa mi-cuisse et le sillon de ses seins. Lui et Elle, *en bons chiens de garde d'une image lisse du monde*, portent chaque soir à l'écran, l'invention d'une France éternelle. Avec le même ton sérieux et posé des gens responsables, ils disent les catastrophes et les massacres, les cours de la Bourse et toutes les courses, celles derrière une balle, celles entre des chevaux et celles des nuages dans le ciel. Sourires jusqu'à mi sein, mi-cuisse. Générique. Clap. Jamais ils ne semblent douter de cette folie qui ressemble à la vérité.

Malgré l'admiration béate que suscitent ces acteurs, il nous reste un léger malaise, quelque chose comme une trahison. Ce doit être ce que ma voisine doit nommer l'intuition féminine. Chez moi, ce doit être, d'être allé trop loin.

Mais tous les soirs, on a besoin de revoir ces deux-là. C'est pour Elle, c'est pour moi et tant d'autres, la seule famille, celle qui vient souper avec nous. Mais après, je crois savoir de ma voisine, le secret. Elle regarde le foot, sans le son, préférant « Tant chéries FM » dans le fond. Les garçons bougent leurs belles cuisses derrière le ballon rond tandis que le prince Lu lui chante de l'amour, les délices.

A force d'aller et venir dans cette pensée, un jour ou l'autre, elle n'y tiendra plus. Elle se dira :- *Je n'y tiens plus. Je me mets à la cuisine.*

Une heure de cuisine et deux heures de fard plus tard, elle montera, sonnera, insistera, tambourinera, criera :- *Capitaine, capitaine, venez, venez, c'est le jour du poisson !*

Au cri, j'ouvrirai. J'aurai une tignasse à avoir essuyé du vent force dix, rafales à douze. Stoïque, je ne dirai rien, mais n'arriverai pas à lui fermer la porte au nez qu'elle a si joliment retroussé. Et elle se sera faite une sacrée beauté de petite sirène. Ah là, là, belle à croquer. Désespéré encore, mais ébranlé par l'apparition, je sortirai ma chaloupe en chuchotant, enroué d'avoir pris un sacré vieux coup de tabac, dans les cinquantièmes grisonnants. Je lui expliquerai que par surcroît de malheur, le Bontempi est tombé en panne dans le ventre du Nautilus. Sans la consolation de la toccata et fugue de Bach, le naufrage est inéluctable.

Elle pincera sa lèvre pour ne pas rire et dira :- *Avant de vous saborder dans votre couveuse, capitaine, venez voir les merveilles chez moi, sous votre mer.*

D'une main leste, avec ses jolis doigts si fins, volant ma casquette d'Armorique en riant, elle dévalera l'escalier. Moi, je serai bien obligé de suivre ma casquette et sa jupette.

Elle aura fait du loup de mer. Convié à sa table, je mangerai avec mon recueillement de myope, les yeux errant sur le ficus, la télé, le tableau inachevé avec la biche, les statuettes d'éléphants avec la trompe en l'air et les poupons. Elle me regardera faire. Ses cheveux bien rangés par le chouchou, ses yeux faits, dessin plein d'attente, son bustier moulant décolleté mine de rien (vu à la télé) et tout à côté, en accroche cœur, un pin's avec Polochon, le poisson.

Grand silence.
Oh là, là, l'examen. Se dira-t-elle. Elle tripotera sa serviette, yeux affolés sur la poussière des étagères. Oh! Il y a tant de poussière oubliée.

Moi, pour la soulager, j'en resterai rivé à son décolleté et à ses seins si joliment galbés.- Merci Antinéa, lui dirai-je. C'est si serein vos coupoles d'orichalque sous ma mer …Mais maintenant, je suis désolé, il faut que je reparte vers les lointains.
Après quoi, je me lèverai lourdement comme au départ d'un grand voyage. Je m'approcherai de ses bras raidis sur la serviette et de ses yeux rivés sur la poussière des étagères. Je l'embrasserai avec précaution, sur sa joue, ainsi incendiée et puis, je sortirai en tanguant comme sur un pied bot.

Elle se précipitera, l'oreille contre le bois tiède de la porte, les yeux emplis de larmes en murmurant :- *C'est dur la vie de femme de marin.*

Bien sûr, je me fais mon cinéma. Cela ne saurait advenir. Comment encore parler d'amour à Antinéa après Leila? Appeler un chat, un chat ? Mais j'ai peur qu'après tout ce qui a lui, tout redevienne gris.

Tard, très tard dans la nuit, je n'ose même plus rêver par peur du vis à vis avec le crâne de Marie-Madeleine, de la morsure du démon de Ludivine et de la strangulation par la chevelure de Bérénice.

Il me faut agir ou mourir. Ne sachant plus me déclarer, il me faut ruser, mobiliser une machine de guerre détournée, pour enfoncer la poterne de cette Troie sous-marine.

Heureux qui comme Ulysse sait que l'impossible victoire se gagne par le paradoxe !

Alors, pour investir la demeure de l'Aimée, il me faut me calfeutrer.

Pour cela, je calfate ma porte palière, j'ouvre en grand tous mes robinets et je me replie dans le sous-marin.

L'eau coule. J'écoute, l'oreille collée en fond de cale. Glouglou. Cela gloucloute. L'eau monte. Le Nautilus tangue.

Je crois entendre, là en bas, au fond de la mer, ma sirène qui écoute ses ritournelles. Ah ! Maintenant, elle se tait. Elle a dû se replier à la porte de sa cuisine, le regard au plafond.C'est que ça doit commencer à couler vraiment beaucoup chez elle. Elle en sait assez pour comprendre.

Moi, au-dessus, dans mon arche, j'attends le déluge.

L'eau monte toujours.

Quand elle atteindra les allèges des fenêtres, elle pèsera une tonne par mètre carré.

Alors, dans un bruit énorme, mon plancher s'effondrera.

L'eau s'abattra en cataracte et mon sous-marin sombrera dans le salon de ma visiteuse soudain visitée.

Après la rupture des eaux de ma mer, d'abord paniquée, ma voisine découvrira son naufragé.

Reprenant ses esprits, elle escaladera les gravats dans sa robe détrempée et se portera à mon secours.

Elle me hissera hors de la coque éclatée.

En battant l'air, je parviendrai à me lever.

Ce sera la renaissance du noyé.
Mon regard aura quelque chose de changé.
Fatigué, mais chargé d'une présence nouvelle, magnifique.

Je serai celui qui, tel le roi d'Ithaque, sut forcer la forteresse en son cœur. Car, comment ne pas succomber au stratagème du sous marinier rusé?

Heureux qui comme Ulysse…

L'eau a dépassé mon hublot.
J'entends des craquements.

Une peur m'étreint.
Je suis pris de doute.

Et si cela ne lui plaisait pas ?
Ou si elle n'était pas là ?

Que ferais-je de moi ?

Rouge rubis

Perle une pivoine

Lune languide, lagune livide. Gondole noire, corbillard. Lenteur huileuse de cauchemar. Becs et capes noires de soigneurs. Antiques peurs !

Déchirant de la peste ces morbides réminiscences, par une trouée de nébulosités, soudain solaire, l'Orient illumine de ses rais une dentelle de pierre blanche et d'une belle rêveuse la hanche, sur sa couche mollement affaissée. Le Levant poudre d'or juvénile les mauves de la bouche. Et les paupières closes. Et le corps exténué, par mille étreintes, imaginées.

Marina de la Corte de la Pazienza, sur son divan divague et s'envase à Venise.

Elle espère pourtant.

Elle espère que ce sera la prochaine nuit. Et ainsi, de Fondamenta dei Mori, elle songe à Aldébaran, l'étalon ailé à la robe alezane.

Il viendra. Il l'enlèvera. Comme ils s'envolent ! Ils volent, ils volent ! Ils vont loin, ils ne sont plus qu'un point.

Qui brille dans la suave soierie stellaire de la nuit.

Confusément pourtant, le sait-elle : Tout ne saurait être si bienheureusement volatile. Et s'envole sa main aux doigts graciles, longs passereaux migrant sur Pégase, dessiné sur la page. Au bout de ce brassage d'ailes, seuls ses ongles tranchent l'air. Ces fines ogives lancéolées sauraient-elles être les aiguilles d'un chronomètre contondant le temps ? Vaine agitation dans la ouate moite de la cité lagunaire ! Elle soupire...

L'index, par réflexe, creuse encore la chair de l'annulaire. Il la déchire à l'anneau...

Au rubis haï.

Funeste promesse dont toujours, elle s'afflige ! L'ongle en vain gratte. Pire ! D'une marque dans sa peau rougie, signe-t-il son fatal destin. De ses dents, la Belle saisit sa lèvre pâlie... La relâche... Mord. Piètre petite morsure ! Montrer les dents en carnassier souriant ne lui est pas donné mais à celui qui lui offrit le rubis.

Et c'est par cette urbanité, malgré un tremblement de jeune paon, que se donna au prétendant prédateur ses gages gagnant, l'imparable supériorité sur sa proie bredouillante, *broutante*, elle, submergée par un incessant remue-ménage maxillaire.

La bague au rubis.

Pour marquer d'un sceau la mâle prétention :
Une bague pour la posséder. Faire d'elle, ses
falbalas et sa chair, le ruban d'une maison.

Un décor. Voilà pour quoi est fait, ce rubis.

Et elle, elle n'a su que faire, juste en rester à
l'effroi ingénu de ce qui est advenu. Sa lèvre
pâlie... Elle la mord. La mord fort. La mord...
Jusqu'à la déchirure...

Perle, une pivoine...sur le lit de sa bouche. Elle
grimace, relève la tête, regarde au loin,
hésite...Pas une pivoine...

Ce n'est que l'effrayant reflet du rubis de
l'ignominie !

Vu du quai, il y a un mur de briques sombres ébréchées et les arabesques délicates du dormant d'une fenêtre patricienne aux dentelles de pierres blanches. Ce jupon lapidaire immaculé, c'est pour dire la distinction, un appel à convoquer les passions contenues-convenues. Pourtant, derrière cette croisée, il y a Marina, celle qui rêve et espère l'amour ailé, beau… *Come Canzionere per Laura.*

Dessous le jupon de la dentelle de pierre blanche, se hâtant avant que la crudité du jour n'efface la vraisemblance de son habit de rêve, voici venir Marco Girasolo, grand conteur de fleurette.

Marina s'exclame : -Que revoilà mon autre prétendant, le fou à l'aurore, rimant !

Le beau chanteur commence pour lui-même mais assez haut pour mettre la désirée dans la confidence : -Ô Himéros ! La vois-tu plus que je ne la vois ? Toi, divine figure du désir, compagnon d'Aphrodite, offre-moi d'elle plus encore ! Plisse la brise complice !

Offre-moi de sa silhouette penchée un entrebâillement de vêture, une échappée d'ombre…

Qu'une risée de mer s'en vienne et passe !

Ô Marina ! Que ce souffle divin décroise le voile qui ton corps ceint et dévoile l'ivoire de ton sein, aux nues de ta belle mâture, haut tenu !

Que tombe sur mes lèvres de la pulpe nacrée de tes lèvres ton halètement délicieux, ce souffle léger de ta vie qui, en mille et une nuits, tout doucement fuit !

Et tes yeux... Je les ai vus ! Au marché, où je m'étais bien caché. Tu n'en a rien su, n'est-ce pas ? Tes yeux : Deux émeraudes. D'un jaguar le regard qui rode. Une féerie de félin dardée dans ta chevelure.

Ta chevelure...Claire et obscure ! Zébrée de zestes Zanzibar... Ah ! Ces filets clairs striant ta voilure, on les croirait d'ébène de Macassar. Mmm ! S'exhalent de cette toison, des jungles de jade aux fauves fragrances.

Y perce une pointe de muscade musquée, fraîchement débarquée des felouques amarrées ici, à *Fondamenta dei Mori,* où tu vis.

Oh ! D'un mouvement tu as tout brouillé et c'est une sauvagerie aux mille étendards barbares qui sur le doux poli de tes épaules, frissonne.

L'ayant ainsi appâtée par cet aparté susurré, le conteur de fleurette, hautement l'interpelle :- Marina, m'entends-tu ? A *Fondamenta dei Mori* tu as écrit toute la nuit, je le sais.

Toi que l'on dit fille de sultane enlevée au sérail, tu as écrit dans cet entre-deux à l'odeur douceâtre des marigots, dans Venise la Rouge, tu as écrit... L'Amour.

Et moi, qui brûle pour toi, je chante. Ô Marina, m'entends-tu ?

Il chante.

Marina passe derrière la croisée avec une altière lenteur et disparaît. Depuis, elle se fait attendre.

Lui, il chante.

Au plus haut hommage, elle repasse, feignant l'élégante indifférence de celles que rien ne saurait interrompre, l'aristocratique rêverie.

La sérénade s'enflamme.

Marina disparaît encore, confuse. Qu'espérer de cette sérénade, tant veloutée, tant damassée ? Qu'espérer de ces rires ténus aux larmes esquissées ? Ce *bel canto*, serait-il l'émissaire masqué du rubis de l'ennui ?

Ou ne serait-ce là qu'une félonie d'un félin furtif, un rôdeur assoiffé de rondeurs de lune?

Il se pourrait bien qu'il subisse l'inconfort d'un pot de nuit projeté en âcre épanchement sur sa truffe insolente !

Miaulera pour de bon sous le balcon !

Dans l'ombre, maintenant le galant conte :

C'était alors qu'Aurore aux doigts de roses avait humecté fleurs et bois.

C'était dans le jardin des métaphores et des métamorphoses.

C'était dans le jardin des allégories et des anamorphoses.

C'était chez Hyppolite d'Este à Tivoli qu'il advint...

La storia dell'scorpione

« *O Venus au voile d'eau de rose, ovale en tes métamorphoses, de ta fontaine aux eaux languides, par tes longs doigts délicats tu guides, nos pas vers la petite Rome vertueuse, où de là Diane nous mène si sérieuse, en ce belvédère béni des Dieux, où la vue se perd de la terre aux cieux.*

Là, pour de ma mie adoucir les yeux, j'entreprends un pari audacieux, d'aller en cette cache de bronze ceinte, au sombre fouillis de la rocaille peinte, en faire surgir un sonnet à Laure.

Sur quoi ma mie, soudain s'écrit : Un scorpion en la loge et alors que je te voyais si plein de vie, te voilà à la main atteint ! O combien donc pâlit ton teint ! Ma mie compatit à ce destin, mais pourtant s'enquit de quelle main me vint cette si perçante douleur.

De la dextre ! Lui dis-je plein de peur. De la senestre es-tu allé la loge fouailler ! Et la voilà de ma triste mine bien amusée ! M'exhumant à mes dépends de mon fatal malheur, Elle me redonna aussi gentiment des couleurs. »

Marina, cachée derrière les voilages a tout écouté. Maintenant, elle est revenue à sa fenêtre. S'y est trouvée suspendue. Un oubli de disparaître, une curiosité…Oh ! Quelle est donc cette chaleur qui monte dans sa poitrine ? D'une main, elle soutient son sein. Y sent l'agitation du cœur. Oscille son pendentif d'ambre. D'intriguée, son âme romanesque se serait-elle éveillée ?

S'amor non è, che dunque è quel ch' i' sento ?

Si ce n'est amour, qu'est-ce que mon cœur sent ?

Cette douce douleur là !

D'une habile révérence, regardant en biais comme l'astronome chevronné à la lunette, le courtisan saisit la couleur du désir : La joue rosie et les rubéfactions à la gorge. Plus haut l'œil se voile, s'égare. Pâmoison ? Temps de moisson ! Estocade des blés mûrs !

Il prend la cambrure. Ses trémolos de mandoline dardent une déclaration en un decrescendo de baryton.

D'amour, il se meurt.

Déjà, de lui, ne subsiste-t-il qu'un souffle…

D'un geste lent et grave, Marina élève ses bras à sa nuque, du calice de dentelle blanche de sa manche, ses doigts la chaîne d'or saisissent, le pendentif, décliquent.

Il chute entre les arabesques de pierres blanches.

Il chute en deux éclats clairs filant les ténèbres, dans Venise encore endormie.

Il chute avec ses vœux d'ambre et d'or unis, dons au velours bleu de la nuit...

Fortune de mer

Hélas, les émois des cœurs empourprés soudain s'étranglent ! C'est sous l'étreinte de silhouettes noires aiguisées, de becs d'oiseaux vengeurs, de la funeste peste le masque des soigneurs.

Attaqué, enlevé, séquestré. Mis lestement aux Plombs, le beau chanteur !

Cage à oiseau ? Sombre cachot !

Meurent du chant, les trilles là où tous les jours est nuit. Mais dans cette nuit, le médaillon d'ambre luit. C'est de l'antique lueur qui dans une forêt filtre, qu'il luit.

Depuis des millénaires, dans sa gangue devenue pierre, il retient une prisonnière. Une cigale.

Eh bien, chante maintenant !

Ô Cruelle ! Etait-ce un piège ironiquement annoncé ? Non ! Marina de la Corte de la Pazienza est si fine, si douce…Cette prisonnière d'ambre, c'est elle. Elle, désespérée, qui attend ma délivrance.

Et moi, qui suis là, impuissant, forcé aux fers. Que croire ?

Que faire ?

Ambre, as-tu vraiment pour le mal
d'amour, cette vertu litho thérapeutique qu'on
te prête?

Une fois par jour, la lourde serrure grince, la
targette double claque, quand d'une claque, la
porte frotte. Sans un regard est jetée au
prisonnier une pitoyable pitance et son jus.
Seul espoir : une barbe à poux bien fréquentée.
Lui condamné, elle serait désertée.

Mais voilà qu'on le pousse hors de son réduit
dans une puanteur d'ail et de vieille sueur aux
aisselles. Nauséeux il va, bousculé dans de
sombres galeries suintantes. Au bout du
dédale, entre des fissures, une lueur s'étale.

C'est sur un pont de bois, de facture grossière.
Il mène des Plombs au Palais des Doges. Il
connaîtra la célébrité plus tard, lorsqu'il sera
bâti de ces pierres blanches aptes à marquer
les souvenirs et les soupirs.

D'une solide bourrade par les gardes assénée,
le prisonnier se trouve propulsé, face à
Leonardo Loredano, soixante quinzième Doge
de Venise, sa sénilissime personne soi-même,
affaissée en son siège précieux.

Rien ne bouge. Un garde se gratte sous le bras. C'est qu'un pou a prudemment migré du prisonnier au cœur affolé.

Le Doge, que dès le début, l'on sent proche de sa fin, commence finalement. Très, très lentement, il dit : - Signore Marco Girasolo, il nous plairait de croire que cette retraite ait su vous élever à ce moment cathartique tant recherché de la bénéfique purgation...

- Ma...Che cosa è questo purgare ? L'Amore ? Se dit le prisonnier.

- Nos informateurs, nous ont convaincu que vous vous seriez adonné à des pratiques que la Nature et la Sainte Eglise réprouvent. Après des lectures d'un certain Baffo... Passe encore l'apologie sodomite... Après tout cette cité absorbe tout... Une éponge...

Mais alors ceci, et dit dans la langue de nos grands anciens : Quare de vulva eduxisti me ? De la vulve pourquoi m'avez-vous tiré ? Alors ça, non, c'est trop ! Laissons diffuser pareille apologie de la régression et c'en sera fini de nous !

Marco reste de marbre comme les chefs d'œuvres lapidaires qui abondent dans le Palais.

La pétrification ambiante n'ayant pourtant pas atteint son cerveau, il se dit que le complot et la cause, bien que dépourvus de toute forme de précision, semblent entendus. Il y a longtemps que les liens de causalités émergentes ont cessé de fonder les enjeux dans une république où les détours des intrigues président avec une telle maestria à la destinée des hommes. L'explication pourrait être toutefois : Mésalliance estimée en haut lieu. Marco a tiré un mauvais jeu : Le pique à la place du cœur.

De là à le traiter d'adepte de Zorzi Alvise Baffo, ce notable libertin restant à naître dans près de deux siècles !

Voyons. Nous ne sommes qu'en 1521!

Quel insupportable anachronisme! Pour quoi ? Pour un complot confusion ! Un jeu homonymique avec son ami Baffo, son contemporain, lui, simple facteur de clavecin ! La corde pour le pendre est bien grosse...

Le vieux doge confirme avec lassitude : - Il va sans dire que ce type d'acte entraîne votre disparition...

Pourquoi alors l'avoir sorti de sa mise au secret ?   Le Doge se tait. Les gardes sont immobiles. Le prisonnier est immobile.

Le silence pèse. Le Doge semble assoupi. Les gardes semblent assoupis. Le prisonnier suffoque. Le Doge serait-il mort ? Voilà, qu'un garde se regratte. Le prisonnier en tressaille. Ces mouvements sont toutefois bienvenus, sinon, par faute d'excessive immobilité, aurait-on pu craindre une chute prématurée de cette histoire. Tant affaissé qu'il soit, le potentat se lasse de l'interlude et dit : -Un jeune homme plutôt bien élevé que bien né... (Avec une ébauche de sourire mobilisant uniquement l'angle gauche supérieur de la bouche, le seul encore irrigué d'assez de vie)... pourrait en d'autres lieux et d'autres circonstances mieux servir notre Sérénissime sauvant ainsi et les convenances et sa personne...

Vous n'ignorez peut-être pas tout à fait, jeune homme, que depuis l'ouverture des routes maritimes vers les Indes par le contournement de l'Afrique et pire encore, celles vers les Indes Occidentales, nous voilà... par esquifs esquivés. Notre Trésor s'en ressent gravement. Sans nos agents du Renseignement, s'en serait fini de notre influence de par le Monde.

Le Turc et le Vénitien, anciens maîtres des richesses des Indes risquent pourtant de finir en dindons de cette farce américaine.

Ainsi, pour en contenir tant soit peu les effets, serait-il bon que nous nous dotassions d'un informateur zélé en cette partie du monde, voire, si les vents pouvaient lui être favorables, que ses hauts faits nous accordassent quelque avantage tangible, pourquoi pas la suzeraineté sur l'une de ces « *Islas inutiles* » des Amériques hâtivement ignorées par les matamores ibères aussi prétentieux, avides et abrutis de sang que des coqs gaulois...

A ce sujet justement, les Français arment un corsaire, un Florentin de Lyon, Giovanni Verrazzano, charge à lui de détrousser les conquistadors à leur retour du pillage des Amériques...Nous avons cru vous honorer en vous réservant une place à son bord, à vos frais s'entend. Refuser ?...N'y songez-pas !

Ce serait vous offrir aux boues lagunaires qui macèrent au fond des Plombs. Nous y serions contraints car, il est notoire qu'un coureur de jupons placé dans une geôle en étage, jouerait les filles de l'air par les combles...Fuites, intolérables désordres de toitures...Autant devoir payer *una casa nova*. Nous ne saurions partager la légèreté de nos successeurs.

C'est donc une alternative peu élégante qui s'offre à vous, je n'en disconviens pas.

Je comprends qu'à l'idée d'une dissolution fangeuse à Venise (avec l'ébauche d'un mauvais sourire) vous puissiez l'avoir saumâtre... Mais que faire sinon...Nous sommes si préoccupés... Sauriez-vous plutôt par votre patriotisme brûlant, tenter de porter quelque soulagement aux périls qui pèsent sur notre chère cité?

Le prétendant éconduit est embarqué de nuit des Plombs dans une gondole plombée, qui pourtant navigue sans encombre jusqu'à Mestre où une calèche plombée, le conduit au port de Pise où il est embarqué, à bord du vaisseau de Verrazzano dans une cabine plombée.

Le doge dans sa munificence lui a tout de même accordé le réconfort d'une malle garnie de quelques linges, d'un trousseau d'écriture, d'une bourse et d'une bible, d'un crucifix et d'un drapeau de la Sérénissime, le tout réuni dans l'urgence par son valet Terrone, lui aussi convié au voyage.

Dès le lendemain, le navire fait route vers l'appendice ibérique, puis, le dépassant par ce colossal détroit qui ouvre la mer du Milieu sur l'océan des Atlantes, il part à l'Eldorado de la nouvelle Conquista. Déjà les côtes s'enfoncent à l'horizon de la poupe, et s'ouvre l'inquiétante vastitude océane.

Dans l'enceinte de la nef qui fait route, Marco Girasolo recouvre sa liberté. Il fait la connaissance de son hôte. Ce capitaine est une forte nature ! Par brise légère, il maugrée, en rouillant de rage contenue. Son poil de carotte se hérisse de la toison au rictus. Mais dès que le vent gonfle les voiles et son jabot, il s'écrie : A moi tempêtes ! A moi tumultes ! A moi fortunes de mer ! Ah ! Que la fortune des armes vienne au preux capitaine !

Parvenu du côté des Açores, à cette fin, il se met en embuscade. Un galion de la Mancha, qu'il faut que l'on sache bien pansu s'annonce par le gros bout de sa lorgnette. De sa main libre, le Florentin tripote avec satisfaction la note secrète de Venise livrée avec Marco Girasolo.

C'est que ce galion est celui chargé par Cortès du trésor personnel du roi aztèque Moctezuma, celui-ci n'en ayant plus d'usage par suite de son décès occasionné par un subit manque d'air (ou était-ce un jet de pierres ?). Bien sûr, l'affaire devrait sourire à plus gonflé du jabot, mais pas si facile, le magot est bien défendu. Pariant sur son formidable aplomb, la fraîcheur de son équipage pourtant d'un faible effectif, pourtant avarement armé, Verrazzano donne la chasse. Au déclin du jour, ils sont bord à bord.

L'assaillant, de son étrave effilée fend l'onde, passe au vent des belles risées, coupe le souffle à sa proie ventrue. Hurlant des ponts et des mâtures, Florentins, Français et Espagnols se promettent l'égorgement, l'éventration et l'énucléation.

Les passagers vénitiens se glissent prudemment sous la bâche des cages à poules, affrontant ainsi tout de même courageusement l'acre odeur de fiente des volatiles. Mais dès lors sur les ponts quel indescriptible charivari ! Imaginons tout de même quelque chose comme :

Les canons tonnent. Les poules caquettent. Défèquent. Gîte, vertiges, voies d'eau. Voile de poudre sèche. Trous de plombs dans la brume. Brisures des mâtures et des matelots, les os. Choc, chute. Claque de cordages.

Abordage ! Abattage ! Grappins, lames claires. Ivres d'alcool et de poussière, il y a les hommes. Brefs regards, coups d'œil homicides. Coups de couteaux tranchants dans le lard. Replis suintants et saignants. Parmi cette dégoulinade, dégoûtés et ruisselants, ils crient. Mors aux dents dans les haubans. Yeux fous, bouches tordues, ils ferraillent dans la mitraille. Avec rage, peur, douleur. S'accumulent les morts, étalés dans leurs sangs mêlés. Débris perdus. Vomissures glauques. Bouts dehors brisés.

A bout d'efforts, à bout d'horreurs, la bataille cherche... Trouve l'issue : L'avidité du Florentin l'emporte sur la cupidité des autres.

Ô Fiers conquistadors, cuisante déculottée !

Ô Lauriers pour Laurent le Magnifique ! Verrazzano héros à ta patrie lugduno-florentine Ô lauriers sur hécatombe !

Et tombe la nuit.

Couronné d'or et de gloire, Verrazzano néglige bonne fortune et diseurs de mésaventures. Il monte à la hune et désignant le flamboiement du couchant, il hurle : -A nous les Amériques ! Il s'en vient mouiller à New York, où il baptise un pont à son nom. Octobre venant, il descend se réchauffer aux alizés des petites Antilles.

Pleine saison cyclonique. La navigation est formidable. Soufflant déjà la rage des désespérés de Gorée en funeste présage, un bel ouragan s'avance de l'Afrique, matant les mâtures de son œil au beurre noir.

Enorme, il crève, et cette crevaison le déchaîne. Le vent halluciné, hurle des insultes qui vrillent les voiles et les oreilles choquées. Les vainqueurs d'hier sont devenus des vermisseaux transis, ballottés sur des eaux noires closes par un ciel de plomb vieilli, patiné de mort. Les vagues hachées se font hautes, si hautes ! Lancés dans une folle glissade, les hommes en chutent avec des remontées d'estomacs aigres.

Malgré ces remontées, la chute pourrait virer au pire : Celui de la conjonction au fond avec ces récifs qui arrête tous les récits. Aveuglés d'embruns, les marins à cette idée terrifiés, scrutent de possibles arêtes dardées, aiguisées par mille milliers d'années. Les récifs : Tapis pour les réduire à leur horizontalité dernière.

Ô déchirant occident caraïbe !

Le capitaine fait mettre à sec de toile et carguer. Il traite ses gabiers de noms d'oiseaux en voyant encore des voiles tout en haut. Il fait nouer les seaux d'aisances à la traîne en brise lames, s'attache seul sur la dunette, met en fuite en barrant à la lame et entonne un « *O sole mio* » plus fort que le vacarme de l'ouragan, la folie de l'océan, le claquement des voiles et cordages et les claquements de dents des hommes en fond de cale.

Dans un déchirement de nuées s'esquissent des fantômes d'îles.

Oooom ! Barytonne l'océan par la fosse et iiiiiiii, grincent des sirènes sopranes. Ces grincements femelles s'achèvent en un coup de cymbale : Dzong ! Et Boum ! Une grosse caisse fait caler la cale. Tout le monde court en criant : - Voie d'eau ! Voie d'eau ! Sous la ligne de flottaison, elle court, elle court l'estafilade, serpents sifflants d'où jaillissent des crachats d'eau noire, éruption d'infernaux abysses, des démons les délices !

Les marins se voyant perdus, roulent des yeux effarés, figés dans leurs corps tétanisés.

Ils balbutient avec peine entre leurs doigts gelés serrés : - O Vierge Marie, o Bonne Mère, priez pour nous pauvres pécheurs, pêcheurs de trésors, oui, oui, c'est vrai, mais nous voilà repentis, c'est promis !

Ainsi promettent les hommes acculés à couler.

Mais Verrazzano n'a pas les absences du capitaine Cook. Il a l'âme bien *chevillardée* au corps. Tel Jack Sparrow, il descend en se dandinant pour s'enquérir de la situation. Voyant ses hommes si blafards et roides, leurs regards morbides, leurs pupilles rondes aliénées par l'hypnotique grouillement d'eau noire gagnant les cales, leurs lèvres balbutiantes, pleines de supplications, le capitaine part d'un grand rire. Allez moussaillons !

En mer, s'il y a des hauts et des bas, des hauts le cœur et des creux de vagues, ce n'est pas une raison pour se laisser noyer dans un verre d'eau. Alors sachons être des boutes en train preneur de boutes, de bouts de ficelles, de celles faites pour joindre les deux bouts, les deux bouts de cet océan malfaisant.

Sachons la gaie et salvatrice voie des Isles. Démontre ce chef qui derechef colmate par lui-même la brèche.

Pourtant, après quelque temps d'efforts rêches, constatant l'ampleur de la tâche et la nécessaire économie de sa personne, l'habile capitaine en vient à inventer un concours de circonstance : ce sera celui du meilleur calfat. Pour aider le sort, le concours est bien doté. C'est une pleine flasque de tafia, cuvée spéciale Verrazano. Il en fait si bien l'annonce en forain rubicond – Tant qu'à franchir le fleuve de la nuit, autant être bourré ! Alors prenez étoupe matelots, buvez et calfatez !

Il fait si généreuse donation de tafia alentour que chacun trouve là de quoi changer son point de vue, de quoi rêver à un retournement du sort, de quoi y mettre du sien pour trouver l'issue, la salvatrice perspective pour chacun de ces si périlleux destins réunis dans un commun inconfort.

C'est ainsi qu'après plusieurs heures de lutte joyeuse, traduction symptomatique du changement de conduite de l'équipage, que le navire parvient malgré tout à doubler la Pointe à Pitrerie et à rejoindre un mouillage à la Basse Terre de l'île de Karukera, que Collomb rebaptisa la Guadalupe et les Français, la Guadeloupe.

Progressivement, le Temps se prend à aspirer le Vent, pour trouver la paix de son inexorable déroulement. Les eaux, de lassitude, s'abandonnent à leur platitude.

Chacun se prend alors à regarder un autre chacun pour s'y voir vivant. Et puis ensuite, ce qu'il en est du paysage alentour pour savoir quoi faire de ce surcroît de vie. Les berges de l'île à moins d'un mile nautique sont recouvertes jusqu'au rivage d'un déboulé de verdure ébouriffée, interrompu à peine par deux estuaires de modeste dimension. Plus haut, sur l'azur par les pluies lavé, s'esquisse entre les blancs ouatés des nuées, la cime d'une majestueuse montagne verte, dominée d'un panache sporadique, d'évidence volcanique. Mais c'est là une manifestation bien légère, si diaphane, si pleine d'innocence, qu'elle ne trouble en rien l'évidente beauté et sérénité de la scène.

Marco Girasolo et son valet Terrone, soulagés, s'offrent de descendre à terre, pour s'en aller faire de l'eau. C'est là aussi un bon prétexte pour s'adonner tranquillement aux joies de la découverte de l'exubérante forêt tropicale tout en ménageant leur peine. Car pendant ce temps, Verrazzano et son équipage, restés à bord, renforcent avec bien des efforts le calfatage de la coque du navire.

Tandis que la chaloupe des Vénitiens, remonte paisiblement l'un des estuaires sous couvert des frondaisons, doublant le cap à l'est, sur les eaux libres, voici la flotte des Caraïbes. La mer se couvre de pirogues. A la mine de leurs équipages grimaçants on voit bien qu'ils viennent en découdre, des -ourler, déchirer voiles et toiles, redonner aux Isles leur innocente nudité première. Ils vont au navire avec une impressionnante vélocité. Déjà, en essaim furieux, bourdonnent-ils autour de la coque. Devant la foule des assaillants et l'imminence de l'assaut qui rend caduque l'usage des canons, le Florentin commande le repli sur le gaillard arrière.

Déjà le navire est-il investi de toutes parts. Brutal corps à corps ! Ils luttent. Sagaies contre sabres. En suant, ils succombent.

Les marins reculent en faisant face. Feu, armes et poings. Repli sur la dunette donjon hâtivement fortifiée des ballots disponibles. De là, ils rechargent et déchargent. Le feu meurtrier troue les assaillants à bout portant. Feu encore. Dernière salve de soufre. Souffrances. Carnage de Caraïbes. Ceux qui peuvent fuient, les autres râlent d'agonie.

Plus personne debout sous le donjon. La mort et l'absence, c'est le silence. Ils sont partis.

Un moribond d'un spasme distrait l'angoissante immobilité de la masse mêlée des décédés. Silence. Silence. Silence. Où sont-ils passés ?

Horreur! Ils resurgissent ! *Racabouchou !* Arc - abusés, crient-ils, semble-t-il. Assaut massif ! Nuée hurlante ! Diables écarlates à rostres dardés ! Par la poupe, par la proue, par les sabords, c'est le choc terrible, fatal. Sous la sauvagerie des Sauvages, le dernier réduit ploie, se brise, succombe, s'effondre.

Tous tombés, tas mort, rouge vif. Epanchements, mouches emmêlées, surexcitées. Parmi les plus alléchées, suçant un crâne brisé, il y a celles sur Verrazzano, attablées. Il gît et fixe l'azur d'une nuit sans songe.

Exaucé.

Les Vénitiens, cachés sous les frondaisons, assistent de loin au massacre, à la crémation du navire, à son pathétique naufrage, aux festivités des vainqueurs.

Pour sûr, un fameux méchoui de cochons longs et blêmes ! Pas des Anglais, certes les plus goûteux de mémoire caraïbe. Oui, cela doit provenir de leur fidélité à la tradition culinaire d'accommoder les mets à la vapeur. Ce doit être ça qui parfume si délicatement les chairs d'Albion en laissant s'exprimer le vrai fumet des corps. Mais enfin, voici un festin de Latins. C'est plus corsé. Des cadavres sentant l'ail, le vin et la chèvre. A mariner davantage dans les limes et le bois d'Inde.

Passe la nuit du festin, formidable.

A l'aube, Dieu soit-il mille fois loué, pensent pour leur compte les Vénitiens verts de peur et de camouflage, voici les Sauvages repus qui s'en vont. Parmi les braises encore fumantes, les restes boucanés des marins sont délicieusement grignotés par les crabes en goguette.

Les rescapés écœurés, se regardent désemparés. Que faire désormais ?

Que Venise est loin ! - Naguère, que ne me suis-je abstenu de conter fleurette à cette fille-là ! Lâche le gentilhomme avec amertume, tandis que le valet erre tête et bras ballants.

Vient la nuit et ses cauchemars, vient le jour d'après et la faim.

Santa Marina dei Miracoli

Par un bienveillant hasard, le capitaine Robert Moulabeur, venu marauder depuis les cottages normands, s'en vient à passer par là, dès le mitan du surlendemain. Il recueille le gentilhomme vénitien et son valet. Il écoute en fronçant, le récit de leurs mésaventures. Ainsi avisé, il lève l'ancre et fait route au sud. Tout en gardant l'œil nerveux au passage de Salybia de la Dominique, contraint de faire de l'eau, il décide de mouiller au levant encore ensauvagé de la Martinique.

C'est à l'escale, que dans la limpidité de l'air lavé par la tempête, Marco découvre, loin à l'orient, le dos harmonieux d'une île.

Bien plus encore : Plus il la regarde, plus le Vénitien sent monter en lui une voix sacrée qui l'appelle vers cette lointaine destinée. Ainsi l'empreinte des tourments de la vie forge-t-elle d'étonnantes convictions chez les hommes les plus aguerris.

Marco se tourne vers son hôte. Il lui fait part de son projet de se rendre dans cette île qu'il pressent pleines de promesses.

A cette fin, il se porte acquéreur du petit canot du bord et de son armement. Le capitaine normand écoute, en roulant ses yeux globuleux de fils de maquignon des bocages. Il soupèse la requête du Vénitien. Il hésite, roule encore ses yeux.

C'est une scène cocasse que ce roulement de gobies sous la touffe blonde au beau milieu de la large face rougeaude. Mais l'affaire est sérieuse. C'est une affaire d'argent.

Il se calme donc et regarde vers l'île désirée. Il ne la voit pas. Il n'y a rien à l'horizon. Peu importe. Il se dit qu'il faut en faire la réclame pour faire monter les enchères. Il invente pour ce faire que ce qu'il connaît de cette île lui vient d'un capitaine nantais, que le sort contraignit au mouillage en ce rivage, mais dont l'issue heureuse le porta à la dénommer l'Ilet aux Bons Sauvages. Par cette dénomination encourageante, il pense donc qu'en effet, elle pourrait faire une bonne terre à colon. Mais une telle expédition a un coût et il faut bien faire son beurre comme lui répète sans cesse son armateur Jehan, sieur de la Motte.

Robert Moulabeur roule encore ses yeux, calme son émotion et chuchote à tout hasard, une offre de mise à disposition de la barque désirée. Un prix exorbitant.

Et il roule encore ses yeux en se mordant la lèvre de ce tic de timide tiraillé toujours. C'est l'armateur qui veut toujours plus et derrière lui les adorateurs des divins dividendes. Ah ! Toute cette folle avidité des Avides ! L'indécrottable vide existentiel des terriens, sera toujours la malédiction des marins, s'excuse-t-il.

Mais... Surprise ! Le Vénitien exhibe sans sourciller une statuette barbare en or massif. L'autre la soupèse. Incroyable ! Pas de doutes, plusieurs livres. Une statuette d'or aussi lourde qu'un dictionnaire encyclopédique exhibé dans cette baie du Robert Moulabeur, comment est-ce possible?

Qui à l'esprit féru en énigmes aura subodoré que le Vénitien la détient de Verrazzano, celui-ci l'ayant généreusement doté après la prise du galion de Cortès. Car, persuadé comme tous les passionnés, que tous partagent leur enthousiasme pour leur cause, le Florentin l'avait cru ferraillant sur le pont durant l'abordage du galion.

Cet aveuglement du défunt héros fait là en tous cas la bonne fortune et du Vénitien et du Normand qui, en bon fils de bouvier, a la sagesse de s'en contenter. Aussi les adieux sont-ils fort courtois.

Les Vénitiens quittent le havre du Robert, font voile à l'est, affrontent des cayes la baille, doublent le sinistre ilet Loup Garou et affrontent la grande houle du plein océan. Après une éreintante journée de navigation à tirer des bords contre les alizés et à ramer, voilà que se dessinent les abords de cette île étrangement supposée là, comme une autre Barbade à l'orient caraïbe.

La façade sous le vent de cette terre offre un abord aisé comme il est commun en ces îles. S'aperçoivent quelques ajoupas indigènes. Leurs fumées de carnivores s'insinuent entre les palétuviers.

Nullement impressionné, parce qu'habité par l'intime conviction d'avoir atteint sa terre promise, Marco Girasolo pose religieusement le pied sur la plage dorée par les feux du couchant.

Par une émouvante cérémonie, genoux à terre, regard noble vers les lointains s'assombrissant, parfaitement dédaigneux des autochtones vaguement curieux, il prend possession des lieux au nom de la République de Venise.

Il accomplit les rites d'humbles remerciements au Père Eternel. Terrone debout derrière lui, tient fièrement le crucifix et l'étendard de la Sérénissime qui claque dans l'alizé.

Pour la première fois, un lion, certes réduit à sa figuration sur un drapeau doré, flotte sur la savane *marinaise*, car ainsi l'île, est-elle baptisée : « Santa Marina » en hommage à la bien courtisée et « dei Miracoli » en souvenir de la chère paroisse vénitienne de Santa Maria dei Miracoli qui vit naître le conquérant.

C'est là aussi une marque de gratitude pour l'ensemble des circonstances miraculeuses qui ont présidées jusqu'ici à sa destinée.

Celles-ci ne sont-elles pas magnifiques ? Cette terre n'est–elle pas de toute beauté ? Ces quelques Naturels alentours ne sont-ils pas de la plus innocente nudité et de la plus pittoresque compagnie ?

N'est-il pas parvenu au paradis d'une île bienheureuse sans même avoir eu le désagrément de devoir préalablement trépasser ?

Après tant de tourments, les Vénitiens sont dans une grande et douce joie. Epuisés, ils s'endorment dans la tiédeur soyeuse du sable de la plage.

L'aube blafarde et fraîche réveille les Découvreurs. Mais déjà elle vire, elle brasille…Et tout s'enflamme ! Ô soleil ! Comme aux tropiques quand tu surgis, tu rugis ! Epique, tu dardes ! Darius perçait l'Orient et toi, tes rayons en rient au Mitan ! Et El Dorado dorera l'Occident ! Antiques fastes rêvés ! Poussières d'or vif affolées !

Alentour formant la cour, dans leurs crissements chuchotés, le sucre d'orge incendie tout : Les feuillages fous au vert luisant, les basaltes roux au vent battant et les éclats blancs d'écume parant le bleu mat de l'océan. Tout flotte. Dans un virginal bain de brume, tout flotte, tout hume.

Les criquets et les grenouilles noctambules, éreintés, éraillés d'à pleine nuit coasser, de humer se sont ensommeillés. C'est par la chaleur renouvelée sur leurs échines de lune mouillées, que désormais d'autres hument ! Que d'autres braillent ! Les coqs, les chiens, les hommes, tous maintenant, braillent. C'est la chaleur. Elle les désengorge.

Ainsi en est-il depuis des temps immémoriaux dans cette petite terre caraïbe aux monts jumeaux, belle comme une émeraude d'une très belle eau.

Son ventre fécond offre les fruits suaves aux femmes et en leurs *ichalis*, les pâteux légumes pays, manioc, *malanga* et *mabi*. L'alizé porte l'eau du ciel et l'air s'illumine de l'éclat vert des grands bois.

A pleines nasses par de mâles forces hissées, sur les bords luisants des troncs par le feu en esquifs évidés, frétillent des poissons argentés. Le soir, les feux montent à la lune et les ventres chantent d'allégresse pour le délice de ces chairs de la mer crépitantes.

Ainsi trouve-t-on ici bonne calebasse, pour peu que les femmes persévèrent aux savoir-faire culinaires et que s'agglomèrent aux mâles rôtis, les suaves fruits et les pâteux légumes pays.

Dans cette île rêvée, nulle anthropophagie. Pas seulement des femmes. Pilote Hamac, le chef caraïbe épargne tout le monde. Il attend dans son hamac – mais son homicide regard pèse.

Il attend qu'on lui établisse un carbet confortable et qu'on pourvoit à sa table, à ses besoins de coq en courroux et au massage au rocou.

Ah ! Waitukubuli aux doigts effilés, la femme élancée de sa plus grande envie!

Ah! Lambiner dans la suavité de sa conque!

Et puis après la paix du ventre et le repos du guerrier, parce qu'il lui faut tout de même en imposer à la collectivité, Pilote Hamac montrera à tous qu'il a su garder, l'admirable exécution, de chasse et pêche, cette belle tradition.

L'homme blanc au bateau blanc est invité à venir expliquer son baptême de l'île revendiquée.

Le Caraïbe dans son hamac perché lui fait remarquer avec des mots camouflet dans son baragouin nantais que l'île s'appelle déjà « Mabi ». Mabi, la patate douce. Parce qu'elle est douce, qu'elle en a la forme. «Mibi »aussi. Mibi, le lien, la liane. Non pas pour asservir, mais pour unir. Il n'y a donc aucune raison de l'affubler d'un autre nom exotique surtout en le criant à l'heure érotique des doigts de Waitukubuli, le chef de rocou massant.

Le Caraïbe rouge courroucé regarde l'intrus, la voile blanche de son navire. Et puis, il devient songeard en pensant à ce baptême de l'île revendiquée. Il fume pour dissiper son pressentiment.

Mais dans la fumée de son pétun, se précise une funeste vision : Celle de l'océan bleu par mille voiles blanches constellé.

Elles accostent. Mille bannières sur la grève sont plantées. Et mille fusils se mettent à tonner.

Lui, les siens, il les voit. Oh ! Comme ils tombent. Du grand rocher, ils chutent. Tous. Un à un. Oh ! Comme ils tombent. Lui aussi, il tombe.

Allongé à la plage, sous les conques de lambis, par Waitukubuli empilées, son corps abandonné, putréfié, attendra les grands vents, attendra les grandes vagues et tout sera emporté, tout sera oublié.

Seule elle, Waitukubuli, la femme la plus élancée, s'échappant à grandes enjambées, et puis voguant sur un tronc de gommier, saura à Salybia de la Dominique, se sauver.

Son corps y fera-t-il fructifier la graine de l'enfant du clément guerrier ? O nostalgie !

Que Pilote Hamac psalmodie :

Oubao, noubaoulou, Mibi, Mabi.

Mànna, manbacha, maima, nimainoli.

Oubao, noubaoulou. Malaletic, malaletic bal. Loumounoumêti. Loumounoumêti.

Ile, mon île… Ma liane, ma patate douce.

O maison, foyer, jardin, mon jardin…

Ile, mon île… Doucement, tout doucement.

La nostalgie. La nostalgie… *Loumounoumêti...*

Le Civilisé, n'ayant cure de cette *mal à dit* du Sauvage, prend congé, part à la plage. Vêtu du plus simple appareil, juste un linge voilant les parties, il va, toujours marchant, hurlant au vent, il va, déclamant du levant au couchant, son amour. Son amour pour Marina. Marina, mon amour, mon île d'elle ! Il crie son bonheur des fleurs, des couleurs et de la tiédeur des cieux aux fruits délicieux. Débordant d'allégresse, il chante:

Tante dolce è la vità à Santa Marina dei Miracoli !

Terrone maugrée contre la nudité de son maître, ses délires, tant de paganisme. Avec une foi tranquille, il bâtit une chapelle, pierre à pierre, au cap, sur les hauts, à l'est de l'île, le cœur tourné vers la Terre Sainte. Cette chapelle, assez habilement appareillée pour traverser les siècles, s'inspire de l'église de Santa Maria dei Miracoli à Venise à la construction de laquelle il avait contribué sous la direction de Pietro Lombardo et de ses fils Tullio et Antonio.

Ce travail d'apprenti tailleur de pierre avait été son premier emploi d'adolescent depuis qu'il avait quitté son village natal de Paestum, là-bas, loin dans le sud de l'Italie. Une origine méridionale qui lui avait valu ce sobriquet de *Terrone*, le cul terreux.

Les opulents gens du nord de la Péninsule l'emploient toujours pour désigner ceux du sud et leur misère: Un interminable mépris. Terrone en a fait une valeur : La simplicité, mémoire de celle, apparente à ses yeux et ainsi chérie, des temples antiques perdus dans les marais paludéens du Paestum de son enfance.

C'est une vision bien particulière de la Renaissance que celle de Terrone : L'expression de la survivance d'une tradition formelle antique devenue un fait populaire dans son village du sud. C'est là bien fortuite forfaiture à contre sens des discours savants des artistes bourgeois de la Renaissance qui escomptaient accéder à l'aristocratie par la conjugaison de leur art dans le latin du pouvoir. La chapelle de Terrone reprend bien la nef unique avec son arc en plein cintre des Lombardo. Elle a aussi ce pignon si particulier, orné d'une rosace centrale prolongée par de sobres oculi circulaires, comme autant de planétoïdes autour de leur terre mère. Mais, faisant fi des somptueux parements en marbres polychromes qui ont pourtant fait la gloire de l'église vénitienne, Terrone laisse sa chapelle brute de moellons de pierre, dans l'évidence de sa symbolique cosmique primordiale.

Au bout du compte, on dirait l'architecture révolutionnaire de Boullée ou de Ledoux.

Marco Girasolo, s'associant à l'œuvre de Terrone par le labeur de la rhétorique, déclame prophétique: - Ta chapelle, c'est l'Essence même, Terrone. Tu as extrait l'Essence même. Comme Loos le Viennois, faisons fi de la décoration ! Juste bonne pour tatouer nos sauvages ! La Civilisation, la Modernité, c'est l'Epure même, l'Essence de l'œuvre. La Misura. L'Eurythmie. Tout est dans *la Divina Misura* ! *Il Supremo disegno. Bellissimo* ! Nous sommes des Lumières !

Ce genre de pompeuse extrapolation sautant les siècles, c'est bien lui et sa sérénade.

L'estimation des Caraïbes de cet « art premier des visages pâles » fait l'objet de moult conjectures. Ils s'interrogent, ravis de cette belle attraction offerte par ces gentils illuminés si différents des rudes marins et soldats de passage. Le chef s'amuse des belles manières efféminées du gentilhomme. Il reste ahuri en se tapant le front d'incrédulité depuis son hamac, en voyant les intenses efforts du rustique croyant bâtisseur d'église, charriant sa foi en suant sur les moellons de lave et de corail, même en pleine canicule.

Mais le Pilote Hamac raffole par-dessus tout du tir au fusil et du tonnelet de cidre normand, obtenus en échange du couvert fourni à discrétion à ces deux drôles.

Au bout de quelques mois, Terrone a fini son œuvre. Dès lors, il reste là, à l'ombre de sa chapelle, engourdi par le mal du pays.

Le gentilhomme, plein de compassion, lui accorde son congé et le prit de prendre la barque pour aller porter la nouvelle à la Sérénissime, au Royaume de France, au Monde entier : -Qu'on se le dise ! Une colonie vénitienne est née aux Indes Occidentales ! Elle est si pleine de bonheur. Elle se nomme Santa Marina dei Miracoli...Lui restera là, garant de la Possession, fidèle à son devoir.

Il confie au messager un billet cacheté pour le Doge. Sec et digne comme un rapport de police. Un autre mot pour son ami Baffo, par lequel il lui avoue enfin, que ses clavecins manqueront toujours de sentiments, qu'ils se prêtent mal aux tremolos de l'âme, même si leur son cristallin, c'est la musique des muses.

Enfin, il remet une dernière missive, mouillée de ses larmes, avec ces simples mots : Adieu Marina.

Resté seul dans l'île, le gentilhomme s'en remet à l'hospitalité des Caraïbes. C'est à dire qu'il mange distraitement ce qu'ils pêchent, ce qu'ils cultivent, ce qu'ils cuisinent. Sinon il dort ou il chante.

O exotisme, en ces temps-là, encore si pacifique! Il chante: *Passent des cocotiers qui chantent des chants d'amour.*

Mais, tout lasse.

A force de voir toujours les mêmes pitreries de cigale, et quand le fusil malencontreusement en vient à se briser, le tonnelet à se vider...

Un jour, il advient que Marco prend un coup de *boutou* derrière la tête.

Par ce geste et par la délicate préparation culinaire qui s'en est suivi, Pilote Hamac a été l'un des rares Caraïbes à avoir pu goûter du Vénitien authentique avec ce goût si particulier de grenouille et d'olive qui imprègne les natifs de la lagune adriatique.

Le songe et la pierre

A plusieurs mois d'océan de ce festin, à sa fenêtre délicieusement ouvragée donnant sur le Grand Canal depuis son beau mariage, une matrone vénitienne s'ennuie. Elle prend distraitement «Il Gazzettino» à la rubrique *«Scoperte dal mondo»*. Elle lit.

Son cœur s'agite, puis un grand froid la transperce: *«Isola di Santa Marina dei Miracoli. Morte di Marco Girasolo. Nostre brillante diplomatico è morte de un trauma cranico.»*

Lui mort, elle revoit avec vertige son passé. L'usure de son interminable attente. Cette vie suspendue dans une élégance de dentelle grise. A peine penchée derrière la croisée, elle fixe la lagune brumeuse et les gondoles noires qui plissent l'onde huileuse. Lenteur de cauchemar. Pesanteur de corbillards. Elle pleure. Non pas pour ce farandoleur jadis chantant sous sa fenêtre. Non pas. C'était sûrement un voyou, juste des gouttières, un matou.

Mais...Il demeurera toujours quelque chose comme un songe printanier où...

Filant la laine du tendre, elle sourit aux aurores des palais pastels. Lui y est le galant Phébus qui monte vers son zénith en appuyant les ombres de contours nets, pour les contenir dans leur obscurité, tapies pour la prochaine nuit.

En Amorosi, ils passent. Dans une gondole fleurie, ils passent. Saluts monégasques. Elle porte la robe fleurie de la Primavera de Botticelli. Sa tête penchée, rêveuse et ses lèvres entrouvertes retiennent l'énigme. Elle est merveilleusement belle. Prenant une fleur dans sa couronne, elle la lance à un passant qui pâlit. Comme sur l'œuvre, le geste révèle l'arrondi de son ventre fécond. Sur les petits ponts de dentelle de pierre blanche, on crie des vivats. Ils accostent, s'esquivent dans l'ombre moisie d'une imposte. Saisis d'une peur ténue, ils frissonnent et tâtonnent. S'offre pour leur envol, une volée d'escalier. En haut, les attend, la porte à effacer. Elle grince sur ses gonds quand effrontément, il l'ouvre. La chambre est bleutée et brodée. Ses voilages volent à la clameur du soleil. Elle entre, éblouie. Il la suit, prend les poses de la retenue. Cherche des mots rares. Elle n'entend rien, sauf ce qu'il convient d'en entendre: un élément du décor qu'elle habille à son tour de son corps statufié à la fenêtre, offert au souffle venu de la mer.

Lassée de poser, elle détourne ses paupières alourdies de lumière pour se rendre à la couche qui, de sa nacre ouatée, l'accueille comme une conque. Délicate, elle s'y pose et s'alanguit, entrouvrant la fleur de sa bouche.

Lui, se tient coi, ému et nu - juste encore paré d'une ample chemise brodée, les cheveux brillants en arrière, noués. Avec l'imperceptible glissement de l'éclipse, il s'avance, ombrant de son corps, le corps de la femme. D'un geste léger, il en dévoile la lenteur de la peau de lait poudrée, la fragrance de rose fraîche. Sa bouche succombant à l'abricot des tétons, il les couvre de baisers. Devenu ardent, d'une estocade, en elle, il vient. S'ouvre la danse de la vie qui va. *Allegretto. Fortissimo.*

Au bout de l'acte, il se cambre dans l'envol suspendu du cygne mourant.

Survivant à sa petite mort, il exhibe de sa manche une dentelle blanche, parfumée à la verveine avec quoi, en aristocratique prestidigitateur, il essuie leurs humeurs, effleurant avec facétie, la faille de la femme en émoi. L'étoffe blanche virevolte sur les gémissements ténus avec la grâce du froufrou d'une colombe à l'envol.

Ô délices ne cessent ! Ô si lisses caresses ! Tant de volupté ! Tant de beauté !

Balbutie-t-elle en reine de tulle rose flottant dans son rêve de fille. L'étreinte est la scène où elle joue la fée mousseline. Légère comme les pas de la Semeuse. Plus encore. Plus fine qu'une page de magazine. Moins encore. Une essence volatile. Une fragrance fugace. Une diaphanéité éphémère. Un survol de sentiment. Un songe émerveillé pour l'éternité. *O Amore tante precioso !*

Lui, pour se faire remarquer, récite Musset. Du Vieux, il les venge: *«Laissons la vieille horloge, au palais du vieux doge, lui compter de ses nuits, les longs ennuis.»* Et puis il rend grâce à leur bonheur inespéré... *«Comptons plutôt tes charmes, comptons les douces larmes, qu'à nos yeux a coûté la volupté!»*

Elle sourit, se lève, enfile sa robe et l'entraîne au dehors lui faire faire toutes les boutiques de San Marco au Rialto. Elle cherche un camé bleu pas un rose. Il dit oui à tout. Au château en Espagne, à la Lune, aux fraises à Noël. Elle se contente de bijoux de Byzance, de soieries lyonnaises, de parfums de Paris et d'un tapis à volants. Et puis lassée, elle veut voguer.

- *Dove, Cara mia?*

148

- A Santa Maria dei Miracoli !

La gondole glisse sous l'ample arche du Rialto, vire dans le clapot et par les petits canaux obscurs, se coule dans un murmure entre les murs, jusqu'à Santa Maria dei Miracoli. Marco Girasolo prend pied sur les dalles. Marina de la Corte de la Pazienza prend sa main tendue, vient à son côté. Mains nouées, devant les marbres polychromes, le couple splendide se mire dans le canal tremblant. Le fond de serpentine verte teinte le visage blafard du fils de la lagune d'une aura romantique. Le porphyre rouge aux tons de pêche mûre exhausse la chair de la fille de la sultane. Enivrantes et voluptueuses promesses !

Nimbés d'un halo de songe, avec des gestes lents et graves, ils entrent sous la voûte unique de l'église, délicatement parée des marbres assemblés. D'un violoncelle s'élève un lamento. S'agitent les trémolos des cierges, s'illumine le doux visage de la vierge de Paradiso. Agenouillée, Marina a les yeux pleins de larmes. Lui sent un poids inattendu choir sur son épaule. Il pleure. Ils ne badinent plus avec l'amour.

Mais ce soir, les hautes eaux de *l'acqua alta* lèchent à les rompre, les porphyres de Santa Maria dei Miracoli.

A sa fenêtre délicieusement ouvragée, une matrone vénitienne, pleure.

Une goutte perle sur sa lèvre, rubis et, à son doigt habite la pierre où brûle un feu secret.

Snow Ball

Déraisonnable Albion

Cul de Sac Marin, Isle de la Martinique, 1762.

En doublant la pointe Dunkerque, au sortir de la nuit, à la lunette depuis sa dunette, le capitaine Chouldem, devine une forme singulière. Elle rompt la ligne de la croupe du morne à sa chute, au cap. C'est peu de chose, juste un accroc entre terre et ciel à l'horizon océanique.

De près, on voit bien que ce n'est pas le fruit de la poussée du monde mais un empilement volontaire de blocs de lave noire, la trace d'un effort formant un mur courbe.

Derrière, un canon gagné par la corrosion marine protège une modeste case en moellons de pierre d'Aquitaine, récupérés d'un ancien lest de navire. Une grossière poutraison d'épave porte la toiture qui menace ruine. Il faudrait changer les essentes. Les mousses rongent à cœur les fibres de leur bois gris mat.

La Garde hirsute s'extrait en maugréant de la bicoque, s'ébroue et, dans la tiédeur de l'alizé, hisse le drapeau fleurdelisé.

La batterie la Borgnesse, pierre angulaire de la défense de l'île est l'œuvre d'une vie, celle du sergent Auguste Médoc dit La Borgnesse, le Bordelais commandant le poste. Il en a vu l'édification pierre après pierre et sa fidélité lui a déjà coûté un œil (un accident d'hameçon à la pêche, en fait). Ses supérieurs, peu au fait de ces circonstances, disons domestiques, surent pourtant être conscients de l'utilité de récompenser (à moindre frais) cet homme qui, avec tant d'abnégation, su demeurer fidèle à cet avant-poste des conquêtes coloniales de la France (échappant ainsi secrètement à ses dettes au jeu). A ce titre, officialisèrent-ils son surnom de La Borgnesse, pour dénommer cette batterie côtière faisant par son dévoué sergent, l'objet de tant de paternelle sollicitude. Encore pénétré de cet honneur pourtant déjà ancien, Médoc la Borgnesse fusille ses hommes de son regard de cyclope et crie:- Présentez armes !

Les deux subalternes s'exécutent, *groguenards.*
Regard noir du cyclope qui passe de l'un à l'autre.

Silence.

Un gros hyménoptère antillais appelé «vonvon» passe en faisant : -vonvon. Le voilà passé-parti. La garde regarde avec lassitude les milliers de petits nuages floconneux qui défilent imperturbablement dans le ciel tropical au-dessus de l'océan où tremble la silhouette diaphane de l'île anglaise de Sainte Lucie, alors que la température s'alourdit.

Médoc la Borgnesse, comme tous les gros, transpire et en soupirant, dit: - Rompez !

Rien à déneiger ici, même en janvier... Dis-doc le Schnock, où vas-tu avec ton fusil?

Le Schnock : - A la chasse au lapin, pour nous cuisiner un bon *Keniala* du dimanche, chef.

On excusera pour ce jargon encore mal francisé et pas du tout tropicalisé, le jeune maréchal des logis alsacien Schangi Schnock, officiant comme cuisinier intendant. Il a débarqué il y a peu pour *voir du pays*. Et chacun sait déjà que ce garçon a plus de goût pour la bombance que pour la bombarde. C'est le second gros de l'équipe. Un bon ballast de navire. Peut-être même l'a-t-on emmené aux Isles pour cela.

Médoc la Borgnesse : - Mais enfin, le *Keniala*, c'est quoi ça ? Ce n'est pas français et ça n'existe pas ici ! Hissetho, toi qui sais tant de choses, dis-le lui, voyons !

Hissetho, vieux Breton, ex pêcheur d'Islande revenu de tout et finissant ici, répond d'un ton caverneux extrait de son grand corps maigre : - La cruelle vérité est une pomme verte qui pousse derrière cette plage réputée paradisiaque.

Les deux gros hochent la tête. Toujours aussi fumeux le Breton. Mais qui est-il celui-là ?

Le vieux Breton, s'il n'a pas de grade, c'est qu'il n'a pas voulu se compromettre avec les envahisseurs français de la Bretagne rebelle et éternelle.

S'il est dans l'armée du Roi de France, c'est au titre d'otage à vie, mis sous la tutelle soupçonneuse de ce bon et fidèle sergent La Borgnesse qui l'a assigné comme scrutateur de brumes.

Alors, de ses yeux usés, bleuis, jaunis, Hissetho scrute.

Ce sont les milliers de nuages floconneux qui, imperturbablement, sur la mer défilent, qu'il scrute.

L'ennui est infini. Il pèse sur ses rides rigides qui quelque fois tout de même se plissent, par réflexe. C'est lors de l'atterrissage d'une mouche importune venue en éclaireur, estimer le mûrissement de sa chair.

Le silence pèse. L'interrompt à peine le tintement au bout de sa chute d'une goutte de sueur extraite de ce corps pourtant déjà si sec quand elle en vient à s'abîmer sur la gourde en fer à sa ceinture, accrochée.

Bref, c'est l'armée sans la guerre. Il ne se passe rien.

Pourtant, ce matin-là, le Schnock, avec l'acuité prémonitoire et inconsciente, mais encore aiguisée des *bleubites*, se met à siffler l'air de : « Nous irons pendre notre linge sur la Ligne Siegfried », célèbre chanson de l'armée française du Rhin durant *la Drôle de Guerre*. On connaît la suite…

Et après la prémonition du Schnock, le scrutateur de brumes a une vision. Il voit. Il se frotte les yeux. Hallucination.

Non. Un bateau, dans la brume vient de Sainte Lucie. Il double la Pointe Dunkerque.
Fantôme batave ? En tous cas, c'est un gros bateau. Rien à voir avec les yoles et les tartanes des braves flibustiers interlopes de ces rivages, elles si familières.

Hissetho ! Il scrute encore et note, déchiffre le pavillon : Pas de doute, voici les deux terribles symboles mathématiques entrecroisés : le plus et le multiplié superposés et résumés en un signe. Pas de doute, voici la marque des Toujours Plus de l'Union Jack ! Des boulimiques d'îles !

Glissant en crabe sur les flots, calculant savamment par ce double signe arithmétique la géométrie du combat, l'angle fatal, voici venir un navire conquérant de la perfide Albion.
C'est un imposant vaisseau de première ligne et de haut bord de soixante-quatre pièces. Brrr !

On lit « Le Raisonnable ».
Belle assurance et Dieu ! Il fait voile vers eux !
Déjà à la lunette, sur la dunette, voit-on sous son panache blanc, Chouldem, grand capitaine !

Hissetho crie : -Chef, chef, embrouille en vue ! Le plus et le multiplié s'entrecroisent dans une intégrale à toujours plus d'inconnues ! Et nous ? Ô chef, voici notre funeste destin qui s'avance ! Ô homicide Albion !

157

La Borgnesse fronce et mate. Galabru en gendarme surprenant les nudistes, c'est tout lui.

Le Schnock à ses côtés a la légèreté d'esprit du gros dadais blondinet et bleubite qui ronchonne, c'est à propos de sa chasse au *Keniala*. Elle est bien compromise, quel ennui ! Et le scénario qui s'annonce va être désagréablement bruyant. Les canons vont tonner. En conséquence de quoi son gibier va se terrer dans les terriers pour un bon moment. Décidément tout cela ne vaut pas un pet de lapin.

Menant son terrible vaisseau vers son funeste projet et parvenu dans la zone de destruction massive, Chouldem crie en décochant de sa dunette un coup de pied formidable vers la batterie La Borgnesse: *-Just a penalty in your froggy goal !*

Et le boulet anglais part: - Boum !

S'écroule en face, avec son mât brisé, le drapeau fleurdelisé qui ornait élégamment la défense côtière. Joli coup.

La Borgnesse même pas mort, ayant esquivé la chute du mât porte étendard, fait régler par ses subalternes l'orientation de son canon avec les gestes de Karajan dirigeant la Philharmonie de Berlin. Après quoi, ceint d'une étoffe écarlate, brandissant l'étendard brisé de son bras tendu au bout de son torse bombé bedonné, pour le Roi, pour la France éternelle et bénie, il crie : - *Ultima ratio regum !*

Le boulet français l'accompagne à la contre-attaque : - ploufnn ! Court et biaisé.

-Merde ! dit le Cyclope préhistorique. Erreur de parallaxe, on ne se moque pas des handicapés de l'œil, dit-il en haussant le ton pour menaces à l'adresse de ses deux compères qui ricanent sous cape, pensant que c'est plutôt la faute au canon de médoc de trop que le chef a pris d'ennui, au petit déjeuner.

Le capitaine Chouldem depuis son bord, exulte: - *Too short, poor frogs !*

Et les boulets anglais de marteler: - Boum, boum, boum, boum !

Les grenouilles de France s'accroupetonnent.

Hissetho chuchote : - Comme ils martèlent ! Charles nous faisant défaut sera-ce Arthur ? Connaissez-vous le Dormeur du Val ?

A peine a-t-il dit ces paroles fatidiques que, derrière eux, dans la case frappée d'un cruel boulet, on entend : -Cling, clong !

Ce sacrilège fait perdre contenance au placide cuisinier alsacien : - *S'Gscherr ! Dia Soï !*
Et il traduit : - Ces porcs y cassent la vaisselle !
Médoc de la Borgnesse, commandant la place de Pointe Borgnesse soupire de compassion et aussi parce que s'il leur reste des boulets, ils ont eu beau chercher partout à quatre pattes pendant le bombardement, ils n'ont pu retrouver de la

poudre. Il faut se rendre à l'évidence : Il n'y en a plus. Partie en fumée à la chasse au *Keniala* ou pour saler les plats. Par quoi, leur présence dans la redoute s'avère redoutable.

Aussi, l'humble sagesse du stratège avisé lui commande de contrecarrer leur funeste destin par un salvateur repli. La Borgnesse pivote et crie : - Demi-tour droite ! S'en suit zig et zag, les trois compères qui détalent en se dandinant entre les boulets avec l'art des oies au foie lourd.

Suant sous un gommier en pleine ravine d'arrière-pays, La Borgnesse pose l'étendard brisé, lui seul avec eux sauvé : - Mais dis-moi, le Schnock qu'es-tu venu faire dans l'enfer français ?

Le Schnock : - J'avais le choix entre l'enfer français et l'enfer allemand. J'ai choisi l'enfer français parce qu'il manque toujours ou un boulet ou de la poudre, ou le lapin ou le riesling. Comme ça, on pourra toujours se carapater quelque part...

Et ne pas se retrouver avec deux trous rouges au côté droit, conclut Hissetho, sinistrement hanté par le cauchemar rimbaldien.

Comme les deux autres ne sauraient relever l'incongruité de cet anachronisme des Ardennes, l'intellectuel breton en exil désigne un mancenillier : - Non, le cauchemar est déjà là et il est martiniquais : Sa vérité est cette pomme verte qui pousse ici derrière les plages: L'enfer de ce paradis raté, c'est la pomme du mancenillier. Viens, viens vite ma suave chérie me dévorer l'œsophage.

Ho, ce spleen...

Montent les glapissements de victoire anglais suite au déguerpissement français. A bord du Raisonnable, les assaillants font tourner la dame-jeanne de rhum. Le timonier, un vrai ouistiti, imite le dandinement des Frenchies fuyant. La Royale Navy se gondole, mais, *bad luck*, le vaisseau ainsi louvoyant se plante dans un banc de sable.

Maintenant il gîte dangereusement à bâbord. Les marins le secouent en vain comme un cocotier et de façon aussi périlleuse. Mais rien n'y fait. Les canons du Raisonnable restent obstinément pointés vers les nuages floconneux avec le même air nigaud que l'équipage. Les Anglais brutalement immobilisés de la sorte se regardent effarés. Ils réalisent maintenant qu'ils se sont livrés comme des escargots sans leur coquille aux appétits des milices des Français qui bientôt viendront en foule rameutés par l'aubaine. Tous savent ce qu'une telle situation veut dire. Ils se regardent cois.

Sauf Ulysse Escape, le Dublinois du bord qui ne regarde aucun de ces *damned* Anglicans et scrute les brumes. Atavisme des *malgré-nous* celtiques transgressant de part et d'autre l'ordre de bataille !

Toujours maudit-il ces *mother's fuckers*, de sergents recruteurs qui lui avaient promis un beau voyage. Il se perd dans ses épiphanies papales, toute l'année la Saint Patrick, escompte ainsi sinon de corps au moins d'esprit, prendre la tangente de cette géométrie de l'Union Jack aux perfides entrecroisements mathématiques, se moque de la gîte, guette la bouée de sa désertion, c'est cette dame jeanne qu'il reluque, elle, non encore *empty*. *Damned Britons* petits *drinkers*, quittons l'entrepont par mille sabords, et vive vivre à l'Eire libre !

Mais tous les Britons se moquent de ce délire du pauvre fou d'Escape cracheur de bile verte.

Tous crient maintenant plein d'effroi habillé d'accent cockney: - *Disaster ! We are in a bloody mess !*

Ce disant, ils regardent craintivement et plein d'espoir leur grand capitaine qui saura les tirer de ce fourbi sanglant.
Captain Chouldem, cet animal à sang froid se tient roide, puis consent à accorder un lent regard *ice blue* descendant dessous son panache blanc jusqu'à ses *one penny* hommes en peine. Plein pourtant d'une belle et secrète humanité et, de ses *five o clock tea cup* de chair

émergeante, -ses organes de réception de sons qui se devinent derrière ses très virils favoris en broussaille-, il les écoute. Se tient coi, en concile, colloque et conclave avec lui-même. Il répond finalement convexe, c'est à dire en homme partageant la vexation.

Il répond, avec le flegme snob qui sied à sa grandeur et avec une touche d'humour british habillant d'élégance le sépulcral silence: -*Well, boys, we pack up and clear out. Then we take french leave !*

Ainsi prennent-ils leurs cliques et leurs claques pour ne pas en prendre et *filent à l'anglaise* dans une chaloupe, *slowly but surely*, animés de ce calme courage que donne la certitude que ceux d'en face ont, pour l'heure, aussi choisi de s'absenter. Comme il ne faut pas confondre courage et inconséquence, parvenus au large, voilà qu'ils s'autorisent à forcer la cadence en vertu de ce principe de précaution incluant le risque d'un retour inopiné de trop téméraires adversaires. Malgré ce repli honorable par son calme, son bon ordre et sa nécessité dû au funeste et imprévisible sort des armes, pour cause d'attaque d'un invraisemblable *yellow submarine* de cristaux de silice ou de coraux, ou quoi d'autre ? Une traîtrise caye pour tout dire, n'empêche, d'ici aurait-on pu les entendre jurer sous cape : - *Shit ! Damned yellow frogs !*

Lorsque bien plus tard, l'héroïque garnison des batraciens de la batterie la Borgnesse s'aventure à sortir prudemment des bois, quel n'est pas son coassement de découvrir le vaisseau ennemi dans son triste abandon. Médoc la Borgnesse, à son habitude de chef, bombe le torse et le bide, fusille ses grenouilles de son regard de cyclope. Puis, il prend son inspiration et leur ordonne avec un viril courage d'investir le navire au nom du Roi et de la France éternelle.

Les trois farouches guerriers gaulois montent à bord avec circonspection. Mais oui, il est bel et bien désert. Laissé là avec tout son armement.

Réalisant l'invraisemblable et pourtant réelle situation, ils empoignent en se bidonnant le reste de la dame-jeanne anglaise, comme quoi la guerre sera-t-elle toujours question de possession des femmes comme l'affirme La Borgnesse prétendu grand connaisseur puisqu'il est le chef. Ha, ha, ha ! *Well fucked*, les *Britons*. Déclare-t-il savamment en chef également doué pour les langues. Et compatissant pour ses subalternes réputés ignares, il poursuit dans la langue des François : - Devant tant de défaveurs contre nous acharnées, voilà-t-il pas que la fortune des armes vira, enjoignant ces avortons d'Albion, à sauter par-dessus leur bord. Nagez-donc jusqu'en Angleterre, Saxons de la Terre du Coin et restez-y punis ! Temps de barboter, pauvres couards, coin-coin, vilains petits canards !
Ainsi, en êtes-vous venus à surseoir à vos abominables ambitions ? Très bien ! Ce navire

est une belle prise. Soldats ! Tel le Vorace contre les Coriaces, fêtons notre splendide victoire !

Le Schnock, en brave garçon docile, braille et tonne à plein tonneau.

Hissetho, tout aussi bourré, lape la dernière goutte de la dame Jeanne sans plus de connaissance, sans Connemara de ce ras le bol, de ce calice, de ce calvaire de granit ainsi prolongé pour son celtique cousin, pourtant droit dorique, de ses bas au chapeau, pauvre Escape, escalope estrapadée, bientôt ecchymosé en lieu et place de ces maudits *frogs*.

Snow Ball

Cul de Sac Marin, Ile de la Martinique, 2015.

Attablée à un petit carbet café de plage, la belle Eléonore, a posé le livre où se raconte ce haut fait d'armes librement inspiré de *Mon village, mon clocher*, la monographie du Marin de Théodore Baude. Elle relève la tête. Sa bouche dessinée pour les baisers, reste serrée, dans une moue esquissée. D'un geste de ses longs doigts très fins, elle repousse du front une anglaise rebelle. Ses yeux pourtant traversés par un éclat du soleil montant, ne cillent pas. Ils restent fixés sur les vestiges de la batterie côtière qui se découpent sur la mer.

Arrive son rendez-vous. Polo blanc, pantalon écru à revers, socquettes et chaussures blanches. Ray Ban, dents blanches. L'homme porte beau. Il s'approche, se penche, la gratifie d'une embrassade appuyée et désinvolte, qui la laisse inerte.

Il s'assied à côté d'elle décontenancé par son immobilité et commande un café. Il la regarde prudemment. Ce qu'elle rumine serait-il un agacement de la sollicitation non désirée du plaisir ? Plaisir de la chair à laquelle elle a pourtant, nuitamment, *presque* consentie.

A cette pensée, gardant ses yeux sur elle rivés, il sent une bouffée de désir monter en lui, tandis que s'agitent et scintillent les créoles d'or sur la peau ambrée de la belle Créole.

Mais soudain, après s'être ainsi agitée, elle s'écrie : - Assez ! Je suis exaspérée par cette bande d'envahisseurs fanfarons qui puent le jus de chaussettes et à qui on doit l'histoire de nos îles !
Regarde ce tas de pierres là-bas ! Deux siècles et demi que cela dure : Pierre sur pierre, la batterie la Borgnesse tient toujours le cap. S'acharnent pourtant à la réduire en un siège épique, de très grands vents, des eaux exorbitées, des lierres agrippés et des figuiers maudits... Sataniques sapeurs commis aux basses œuvres ... Ah ! Viendra enfin ce jour espéré où des craquements empliront l'air, plus qu'à l'ordinaire. L'empilement de blocs connaîtra enfin le sort fatal des châteaux de cartes en Espagne !

L'homme, soulagé d'être hors de cause, de cette surprenante colère s'amuse : - C'est donc cette vieille batterie côtière qui t'agace. Est-ce parce que ce mur, ce serait comme un vieil édenté borgne qui ricane de nos gesticulations de vivants en tremblotant de tous ses os de pierre ?
C'est que, regarde ! Il ricane à s'en déchausser un créneau. Faut-il bien tout ça pour qu'elle chavire pour son naufrageur, ma belle figure de proue ?

Eléonore n'entend rien de l'allusion et lui crie : - Approche-toi ! Regarde, tiens ! Elle est là, cette histoire.

Elle saisit la page, la froisse à l'angle vif. Ses doigts volettent, feuillettent, s'arrêtent, aplatissent d'un geste sec. Elle incline l'ouvrage vers son interlocuteur et s'immobilise, rageuse.

L'homme, invité à s'approcher, se lève et pose son regard penché par-dessus l'épaule de la lectrice. Il se penche, mais il ne voit rien de l'histoire des trois soudards dessinés dans l'ouvrage illustré. C'est que son regard est impérieusement aimanté et glisse par côté sur l'arrondi charmant de l'épaule miel d'acacia de la lectrice, dévale le long de la fine bretelle du bustier, effleure la splendeur pleine du sein érigé, s'insinue dans l'ombre du décolleté paré de filets d'or entrelacés, et de là, plonge vertigineusement dans l'échancrure qui, par le bienheureux hasard du plissement provoqué par la pose semi-allongée du corps d'Eléonore, prolonge la vue jusqu'au bas, jusqu'aux dentelles des froufroutants falbalas, qui défendent sa grotte d'Ali Baba. Mais Zitoune le sait déjà : Pas facile d'entendre y mettre sa graine de sésame. Car si la belle Eléonore vaut bien le siège de la belle Hélène, rien à faire, elle n'est pas du genre *bonne poire*. Alors, comme il l'a dans le baba, il en vient à l'espoir d'un rhum du matin, tenu à la main, et qu'il viderait à la polonaise. Mais il le sait bien, cet expédient échouerait à lui accorder le plus piètre des *décollages* sauf à se livrer à un inconvenant surdosage.

Prenant la mesure de la situation, Zitoune cherche à échapper à l'attraction, se redresse, recule mais se voit hélas, contraint à balayer la scène en biais. Aspiré dès lors par le magnétisme de la longue courbe de la gorge de la femme, sa gorge à lui, héritée d'Adam, s'étrangle sur la boule de sa pomme par l'émoi ainsi compressée, tandis qu'un souffle léger d'alizé agite les flots, accoste, s'insinue sur la plage et emporte les cheveux d'Eléonore qui s'enlacent, fugaces, sur son visage de «lecteur» toujours penché.

Oh, c'est juste l'esquisse d'une caresse fortuite au goût doux-amer de la pomme de Cythère. Narines affolées, le soupirant s'échappe et roule ses yeux vers les cocotiers.

A garder l'apparence des insignifiances, il s'évertue, tandis qu'une onde brûlante le tue, transperçant de sa flèche cruelle son corps, des orbites oculaires à la racine de ses cheveux très ras pourtant ainsi, par le choc, dressés. De là, cette suave douleur irradie ses chairs alentours, du plexus au pubis.

Frappé et érigé, il recule et soupire par côté. Il contourne la femme, s'éloigne de trois pas et lui fait face en s'appuyant l'épaule sur un tronc de manguier, espérant la levée de son regard et qu'elle saura lire en lui combien pour elle, il brasille.

Mais Eléonore ne voit rien. Elle se lève pour secouer son désarroi. Elle fait trois pas dans le sable, pieds nus, ses longues jambes très dénudées lentement déroulées.

Elle sent la vanité de son courroux. A quoi bon s'énerver contre un tas de pierres semi-éboulées ? Ah oui, ces soudards furent les valets de ceux qui asservirent ces paradis insulaires.

Et elle, aujourd'hui, que fait-elle ici ? Elle loue des autos. De qui ? Des descendants de ceux qui asservirent. Et ces autos, font quoi ? Empestent et polluent.

Et elle, que fait-elle d'elle, à part ça ? Elle est posée là, comme une *dobann*, une potiche d'Aubagne, à se faire courtiser sur cette île qui, pour l'essentiel de l'humanité, est perdue au bout de la sphère du monde. Et l'absurdité même de cette impossible extrémité géométrique, lui ôte tout espoir d'évasion.

Reste tout de même, pour surnager à la vacuité existentielle qui une fois de plus l'envahie, l'émotion de la mâle sollicitation. Qu'elle émane d'un de ces beaux garçons en costume d'affaires qui descendent de l'avion de Paris et viennent lui louer une auto dans son box d'aérogare en la regardant avidement, voilà de quoi lui offrir une certitude d'exister, par quoi, déjà, sa journée est réputée sauvée.
Ce Zitoune, elle a tout de suite repéré que c'est le genre d'homme qui s'y connaît en business.

Cette montre ! Ma commère, avec tous les fuseaux horaires ! On voit à qui on a affaire quand son regard noir brillant plonge dans le vôtre et qu'il porte loin quand il affirme de grandes choses. Ses yeux aiguisés sont sertis dans un visage émacié, au port altier, qu'on dirait, mais oui, celui de la momie du pharaon Ramsès II... en moins sec !

Eléonore glousse.

Et tout là-haut au sommet de cet homme, au-delà de ce visage glabre, il y a oui, cocasse, sa bosse, ce crâne pointu érigé, dessiné au plus serré par cette décalvation rituelle qu'il doit exécuter avec soin, comme une circoncision infiniment répétée. Un aérodynamisme maîtrisé par une décontraction raffinée...

C'est que cet homme sait tenir ferme les rênes des contraires : La nervosité racée de l'étalon d'Arabie et la lascivité levantine. Qui est donc dans ce grand corps impeccablement de blanc vêtu ? Serait-il le dernier étalon des royaumes syriens de chiffon et de sape ? L'héritier secret des cavernes de coupons d'Ali Baba de la rue François Arago à Fort de France ?

Ou bien, non. Serait-il vraiment comme il le dit, un petit fils de Harki de Marseille et le fils d'un soldat, serviteur toujours fidèle à la France, jusqu'au jour où, en manœuvre, hélas pas au feu, ce père aurait fait sa torche finale ?
Une fameuse descendance ! Aspiré droit dans la gueule glabre de Pelée se prenant ce jour là

d'une grande inspiration volcanique. Parti en fumée le père et lui le fils, seul survivant de sa descendance avec pour héritage, trois valises en carton, fourrées de deux générations de galons et fourragères, de frusques élimées, de dattes périmées, d'olives desséchées et véreuses, supposées du bled tant aimé, de l'oued Zitoune, lui jamais connu même pas par ce père, mais toujours, toujours par eux, fantasmé. Oued Zitoune, tes olives, les meilleures du monde ! Ô toi, petit Eden de nos mirages perdus !

Touchant. Mais est-ce vrai ? Et alors, son priapisme commercial l'aurait-il sauvé de cette initiale déveine? Cette bosse du commerce, sur son crâne serait-ce l'héritage de la tradition chamelière? De leurs longs convois sur la route de la soie ? Mais alors que fait-il là, dans ces désespérants confins insulaires ?

Cette histoire et cette silhouette effilée, élégante, sont joliment, peut-être trop joliment, je dois bien me l'avouer, par moi réinventée, se raisonne Eléonore. Aurais-je vraiment trop forcé le maquillage du trait, ou bien? Mais puisque par de tels subterfuges, l'imagination est réputée inventer l'amour, pourquoi donc malgré tout, ne parviens-je pas à l'aimer d'amour ? Peut-être est-ce dû au climat de ces derniers jours. Ce doit être l'immobilité de l'air qui étouffe les élans du cœur. Et du corps ? Pourtant lui, il m'aime. C'est du moins ce qu'il m'a susurré dans la nuit. Un coup de foudre l'aurait foudroyé dès qu'il m'a rencontrée, malgré la molle touffeur de ces temps-ci.

Mais ne serait-ce pas seulement mon joli corps qui l'émoustille? Et d'ailleurs, un homme est-il jamais capable de plus que ce simple et frustre émoi ? Ah ! La beauté brouille la lisibilité des sentiments. Qu'y puis-je ? Que faire ?

La réponse est simple : Rester prudente.

Je lui avais dit d'accord pour un verre en soirée dans un club très habillé mais pas pour s'emballer en déshabillé dans la foulée. Qu'est-ce qu'il croyait ? Que j'allais me rendre à sa merci dès la première nuit ? Et qu'aurais-je fait alors des quand-dira-t-on ? De ma mère et des commères ?

Pour préserver nos bonnes relations, j'ai quand même cédé pour ce petit coucou en matinée autour d'un café.
Mais c'est assez me compromettre !
Reprenons où nous en étions restés dans la nuit, avant d'aborder plus d'intimité. Et accordons-nous donc un peu plus d'investigation avant d'aller plus loin.

- Zitoune, à propos de ce que tu m'as dit la nuit dernière, pourquoi tiens-tu tant à venir créer un second aéroport dans le sud de la Martinique ? Ce serait pratique, c'est vrai d'amener les touristes jusqu'à la porte des hôtels des plages du Sud, mais enfin, avec un bus depuis le Lamentin, malgré les embouteillages quotidiens, ce n'est pas si long. C'est une si petite île.

- Les Irlandais ont bien fait à Shannon un deuxième aéroport sur leur île. Et puis... Ce serait bien pour développer l'import de produits sud-américains à exporter vers la Métropole. La Martinique deviendrait une plaque tournante pour l'agriculture de montagne colombienne qui en a bien besoin. Avec les bénéfices de ce commerce, viendrait dans un deuxième temps, mon grand projet. Mais chut, ceci est un très grand secret.

-J'adooore les secrets !

-Je peux compter sur ton silence absolu ?

- Promis.

- Le fabuleux secret, c'est... Ski Martinique !
La première station de ski de la Caraïbe.

- Une station de ski sous les tropiques ?!
- Exactement ! Mes cousins du Golf ont bien fait Ski-Dubaï, dans le désert brûlant, alors pourquoi ne pas faire Ski Martinique ici ?

- Ski Martinique ! Alors ça... Oui, ça c'est original. Et où donc, ta station ?

- Ici ! A la place de la vieille batterie. Vue d'un côté sur le Diamant, de l'autre sur le Cul de Sac Marin. Comme cela tu ne la verrais plus. Rasée ! Te rends-tu compte ? On ferait une méga *snow ball*. Pas comme les petites que l'on vend à lécher sur les plages. Non, une *snow ball* énooorme où l'on skierait dedans et après hop, un plouf dans la mer des Caraïbes ! Il faut comprendre qu'avec ça, on attraperait le haut du panier des riches du Nord. Plus besoin pour eux de choisir entre sapins et cocotiers en février. On leur offrirait tout ici. Et puis, avec ma méga bulle de glace, je narguerai le volcan et je vengerai mon père. Voilà pourquoi, ce projet ne peut se faire qu'ici. C'est pour l'honneur d'un soldat !

-Ah oui, je comprends mieux pourquoi et pourquoi ici. Mais, tes cousins du Golf ont l'argent du pétrole. Qui ici pourrait financer toute cette neige *de culture*?

-Voyons ma Belle, de l'argent qui rêve de neige, il y en a des montagnes, dans tous les pays de soleil, de Marseille aux îles Caïmans ! Moi je serai le Caïd et toi, tu deviendras la première Reine des Neiges de la Caraïbe ! Ah ! Te voir rayonner sur toute cette blancheur, ce sera magnifique ! Alors, on se retrouve ce soir au Coco d'or, Blanche Neige ?

Eléonore le regarde finir avec une moue de déception définitive. Elle semble réfléchir. Cela prend un certain temps, celui de sucer sa cuillère à café.

Pendant ce temps, elle imagine sa peau de terre cuite, la nudité de sa peau de soleil, malaxée entre des doigts blancs de neige. Elle sent la brûlure du froid lui rentrer dans les chairs jusqu'aux os.
Et cette brûlure immaculée lui fait voir des tombes, les tombes blanches carrelées des cimetières de son île. Voilà, le seul lieu où l'on voit une telle étendue de blancheur, se dit-elle. C'est là où s'espère le dernier salut de la peau perdue.

Elle frissonne.

Relevant les yeux douloureusement, elle lui dit : - Toute cette blancheur, vraiment, ce n'est pas pour une femme de couleur. Je te laisse à ta frime et tes frimas.

Après quoi, elle se lève sans plus un regard pour le père de Ski Martinique, pivote sur ses escarpins escarpés, rejoint sa Mini sexy et démarre.

Zitoune la regarde partir, dépité. Il prend sa veste en se disant qu'être bon vendeur dans le commerce des glacières réversibles ne garantit pas le succès dans le commerce de la chair. Le commerce est une affaire de sang-froid. Il le sait bien pourtant : quand il bout, il met la patience de l'autre à bout. Il n'a pas d'autre explication : le débordement de son désir ce serait fait par trop harassant pour sa proie.

Il ne sait pas que l'appeler Blanche Neige a réveillé les vieilles douleurs dans ce corps couleur de chaleur, voilà ce qui a bouleversé l'atmosphère. Non, cet obscur malentendu, il ne l'a pas entendu.

Eléonore roule son amertume vers l'aéroport, l'atteint, se gare, rejoint son box de location d'autos dans l'aérogare.

Elle essaye de se raisonner. Il ne faut pas se faire broyer par le noir de l'histoire. Il faut garder l'espoir. Elle se dit que son jour de chance viendra, celui de la descente du bon vol pour son envol. Il ne reste plus qu'à continuer les essais.

Cette approche patiente, c'est ce qu'elle appelle, en esquissant un sourire d'encouragement à des passagers fraîchement débarqués, *naviguer à l'estime*.

Sommaire

P 5 - UNE SIRENE DANS CHAQUE PORT

P   7 Leïla à Hiva Oa

P 23 Maria Magdala à Massalia

P 45 Ludivine à Lugdunum

P 67 Bérénice au Jardin des Délices

P 83 Antinéa à Lutetia

P 99 - ROUGE RUBIS

P 101 Perle une pivoine

P 111 Fortune de mer

P 131 Santa Marina dei Miracoli

P 145 Le songe et la pierre

P 151 - SNOW BALL

P 153 Déraisonnable Albion

P 167 Snow Ball